九歌文庫 F1091
我鄉與她鄉
陳若曦

野人獻曝（自序）

一直很羨慕一些作家的散文才華，他們提筆就能寫一些美和心靈的感受，不受社會事件的干擾，文章也沒時間性，因而不擔心會變成明日黃花。我並非沒有這類感受，只是不覺有下筆的急迫性；我是懶人，碰到不吐不快或應邀才會動筆。十年前出版散文集《打造桃花源》後，遭受背痛的折磨，兩年後做了脊椎手術才得解脫。病痛伊始，我即放棄小說創作，自稱「退休」或「讓賢」，總之把園地轉給年輕人。說我「江郎才盡」也罷，反正我樂得享受「古稀年」的閒情逸緻，省去構思剪裁的煩惱。然而，我從未放棄散文；寫作以雜感居多，希望透過個人的經驗，盡「野人獻曝」的心意。

這部集子包括個人對台灣社會環境變化的觀感，首先是文化議題。新世紀的頭十年，正逢台灣政局大幅動盪，譬如半個世紀了才出現第一次政黨輪替，用「變天」形容都不嫌誇張。隨著媒體自由化，報章雜誌鋪天蓋地，電視名嘴紛至沓來，是百花齊放？抑或眾聲喧嘩？莫衷一是。民主政府要順從民意，一些措施又常引發爭議，說「亂象」也不為過。關心國家大事的知識分子，豈能視若無睹或掩耳不聞？以今日觀昨日，敘事可能有事過境遷之慨，但是箇中轉折，也是歷史的客觀存在，後人知道來龍去脈，相信更會珍惜台灣民主之得來之不易。

正因如此，讀者當可理解，富有時事議論的文字是不易被出版成書的。這本集子能問世，還真得感謝出版社的寬容或不計成本。

其次是環保議題。我從「一九九五閏八月」返台定居，即加入剛成立的荒野保護協會。該會已躍為台灣最大環保社團，說明環保意識正日漸受到重視。處於「地球村」的時代，台灣確實不能自外於國際社會，於是諸如「京都議定書」的簽署和效應，一直是我關注的對象，有機會鼓吹是絕不會放過的。本世紀初，文友林枝旺主編台電刊物《源》雜誌，邀我寫新世紀的台灣，包括了一批環保健將，可惜個人遷居頻仍，剪報散失，電腦又丟掉，如今只留下參與花東大富村火車站音樂會的記憶。

身為晚晴婦女協會的終身志工，男女平權等婦女運動成果也是我樂意書寫發揮的事。我常閱讀美國紐約時報的專欄作品，這方面的資訊便透過聯副的「望遠鏡」專欄加以引述，並對比台灣現狀，希望收到見賢思齊之效。

二十多年前，在紐約見到一位來自大陸、正紅遍台灣副刊的散文作家。我拜讀了他不少悠遊歐美大城市的作品，特別羨慕他能暢遊歐陸的名勝古都，趕緊當面請教。

「請問你是哪一年去希臘的？」

「我沒去過。」

我一愣，趕緊換一個他下筆如有神的城市。「那巴黎呢？」

「也沒去過。」

「可是我讀了你有關這兩個地方的文章……」

「那都是為了寫文章嘛，你知道。」

我不知道。我只知道散文不是小說，不可虛構。這本集子裡寫的全是作者親身見聞，讀者可以放心。

因為剪報散失，個別文章找不到見報日期，請多包涵。

陳若曦　二〇一一年三月

目錄

第二輯　我鄉素描。

第三輯　海天遊蹤。

第四輯　她鄉心事。

第一輯

人物憶往

三見蔣經國

生平見過蔣經國三回，當場印象都不錯，等拉開了時空距離，感受方起變化，認識也逐漸加深。

一九五三年秋，我讀初三，由於曾發動初中部同學捐獻勞軍，校方作為獎勵，推薦去參加蔣經國領導的青年救國團活動，聽到他一場致詞。記得他穿著樸素，白布香港衫和卡基褲，肢體語言豐富，言辭激昂慷慨，好多學生被感動得熱淚盈眶。

那是「反攻大陸」的年代，我們以愛國復國為己任，視他為「青年導師」。

隨著年歲增長，逐漸體會到蔣家專制獨裁的具體內涵。譬如高二時適逢台北市長選舉，級任導師利用國文課舉行市長選舉討論，目的在利用學生影響家長。我擔任班長，見全班噤若寒蟬，便拋磚引玉說：「民主是選賢與能，政治要有制衡，如今是國民黨執政，台北市是首都，最好選個非國民黨的……」話沒說完便被導師一手推下台去，還氣急敗壞地訓斥：「胡說八道！要造反呀？」

我們這一代都懷著政治恐懼步入大學，活在軍訓教官和職業學生的陰影下。有個同學歐阿港，中學時代的同伴偷讀魯迅著作被抓了，逼供時咬出他的名字，連累他被拘留了幾天並留下紀錄，大三暑期集訓時，寫總統訓詞的心得，用辭不夠「政治正確」，加上前情再翻了幾番，竟被送入獄，再沒回到學校。

這個時候我特別感謝高中的國文導師，當時若往上報告，肯定把我發配到綠島去唱小夜曲。

政治恐怖不分紅白色，一律漆黑無底，壓得許多有識青年喘不過氣來，而「來來來，來台大；去去去，去美國」流行語中的美國，遂成為自由民主的象徵。蔣經國提倡「敵人反對的我們就要擁護」，我留美後投奔蔣家的敵人中共，道理不言而喻。去了才發現國共兩黨實乃難兄難弟，政治恐怖不過五十步和百步之別而已。

八〇年代我重返北美，這時台灣已進入蔣經國總統的時代，經濟建設受到國際矚目，但戒嚴依舊，黨禁、報禁……一樣不少，只因出於保衛政權，採取「吹台青」政策，開始走向本土化。所幸「黨外」人士領導的民主運動前仆後繼，且越壓越盛，蔚為海內外台灣人的希望。黨外雜誌如《台灣政論》和《八十年代》等，都變成海外台灣人的精神食糧。

高雄「美麗島事件」發生後，黨外菁英被捕，一時震驚國際。張富美最早告訴我，接著聶華苓來電，說黃信介被捕，作家王拓和楊青矗關進監牢，甚至陳映真也岌岌可危，問我能否返台一行，向總統求情。

找特務頭子起家、專門鎮壓民主人士的蔣經國求情？有效嗎？我既不情願，也猶豫不決。

聶華苓說：「以前雷震被捉時，海外都希望胡適回台灣救援，他沒有這麼做，大家到現在都還不能原諒他。」

我豈敢和胡適相比，但家鄉蒙難，不盡點責任我一定會終生愧疚。當即糾集了三十多位海外（主要是美國華人）文化人士，包括許倬雲、李遠哲、李歐梵和杜維明等，連署了一封給蔣的陳情信，呼籲他「大事化小，小事化無」，千萬不要動用軍法審判。

元旦過後，我帶著這封信飛回睽違十八年的家鄉，求見蔣經國總統。

蔣先生已是病魔纏身的垂垂老人，言辭謙和，頗有禮賢下士之風，神色寧靜自若，只在談到事件的「真相」時才略顯激動。

他堅持事件起因「暴動」，定性為「叛亂」，見我不能苟同，還反問一句：「若非叛亂，你認為是什麼？」

我缺乏政治細胞，事先又沒演練，便隨口答以「嚴重的交通事件」。話甫出口，驚得陪伴一旁的蔣彥士快跳起來，但見蔣總統僅臉現詫異之色，並無其它表示，他彈起的身子才倖倖然落座。

相比之下，蔣總統實在深沉和穩重得多，果然「處變不驚」。

為了圓自己的觀點，我表示，應是警方過度反應，即先行鎮壓才引發群眾反抗，形成暴動現象，也即後來法庭上引用的「先鎮後暴」說法。

無論如何，我遞上美國華人文化界的陳情書，同時表達了島內外對逮捕民主人士的憂心忡忡，台灣尤其風聲鶴唳，人人自危。

島內的情況是我返台次日搭乘計程車的親身經驗。曾問司機，對高雄「美麗島事件」有何看法。他滿臉畏懼，並好心警告我：「這事難講，不要講。」人民的恐懼可見一斑。

這回總統接見約一個半小時，大致是陳述事件的真相。

大約三天後，我在南部觀光，聽到總統要召見，連忙趕回台北。

蔣先生仍是平易近人的風度，主動談到高雄事件，強調「叛亂」事件需要依法審判，但保證實事求是。對我說的「先鎮後暴」，他提出暴民當街打軍警，而軍警都是「打不還手，罵不還口」的客觀事實。

我說，可能是治安單位為了鎮壓的藉口，當街表演「苦肉計」吧。

蔣彥士又是一驚，滿臉欲說還休的氣憤模樣，這忠心護主的神情給我留下深刻印象。

總統仍是不動如山，神情無奈但口氣堅定地回答：「我以人格保證，我們政府不會行使苦肉計。」

他再度承諾，一切依法處理。我起身告辭時，他誠懇地表示：「哪怕是一個人受到冤枉，我的心都不會安的。」

事後，擔任《亞洲新聞》記者的殷允芃問我：「你頭一回見總統時，是否向他反映了計程車司機的什麼？」

原來蔣總統前兩天到南部視察，忽然指定要搭計程車，且非坐不可，把一批官員弄得莫名其妙。

「我打聽過了，最近除了你，他沒接見過誰。你再想想看！」

我一想，登時恍然大悟。想是總統要想找計程車司機聊聊，直接由民間管道來了解事件的真相。

剎那間，我對他的觀感大為轉變。他的過去種種，史家自會仔細研究，現在有這份心就值得肯定。俗話說「亡羊補牢猶未為晚」，獨裁者的晚年能心存善念也算難能可貴，不必一味地美化但也不可全然抹煞。

現在的官員都擅長包裝，忙著唱歌、跳舞、扮裝和摟抱孩子，好為民調加分。蔣經國膾炙人口的親民作風，該是台灣政壇作秀的始作俑者，但親切自然多了。

以我大陸七年生活的經驗，蔣經國一生的功過，似宜放到海峽兩岸的大環境裡評論，不能忘了台灣偏安四十年的事實。高壓統治和政治迫害的痛苦經驗，台灣人民不可忘記，但也不必斤斤計較；最好丟掉歷史包袱，大家團結向前看，落實民主政治，俾使苦難昇華為全民之福是幸。

——二〇〇九年四月十三日《中國時報》

一代儒士高信疆

一九七五年，《人間副刊》有意轉載我反映「文革」的傷痕小說，開始和主編高信疆接觸。其時我居住溫哥華，幾年裡全靠越洋電話連繫。聞其聲，但覺此君溫文有禮中洋溢著誠摯之情，想必是儒雅之士。八〇年元月，我為「高雄事件」返台見蔣經國總統，也終於見到高信疆了。這才發現信疆不但儒雅，且英俊瀟灑，夫人又是美嬌娃，儼然一對金童玉女，羡煞台灣藝文界。

我反映文革的頭篇小說《尹縣長》最早刊於香港《明報月刊》，台灣《中央日報》副刊擅自轉載，且刪改詞句，如毛主席一詞改為「毛ＸＸ」。當時兩岸敵對，台灣又處戒嚴時期，報刊嚴受管制，文字遭刪改我也無可奈何。

信疆作法卻令我刮目相看。他想方設法找到我的電話，事先徵求同意，還委婉解釋台灣報刊的處境，雙方同意對一些敏感詞句加上引號。由於我小說反映大陸實情，有些不免和台灣的一貫宣傳相左，他便請名人專家寫文章佐證。記得一篇〈查戶口〉裡寫到女主角到自由市場買雞。台灣長年累月宣傳大陸同胞「啃草根樹皮」，怎有可能吃雞？於是他找來國學大師錢穆的夫人寫文章，解釋什麼情況下有雞可吃，煞費苦心，令人感動。

如今回想，那個年代的高信疆已開啟兩岸交流的破冰之旅矣。

在那戒嚴時代，新聞遭控制，副刊藉文學之名可以反映一些社會現實，因而備受讀者重視。據說有人看報只看副刊，其它視為「官方宣傳」，棄之如敝屣。把信疆時代的副刊視為一種時代見證，完全說得過去。

拙作中篇小說〈耿爾在北京〉分上下篇，為了完整，信疆用整版一次刊完，據說是副刊史上的首例。

暌違家鄉十八年，頭次返台即發現台灣已今非昔比，政治雖高壓，但財經發達，社會充滿活力，遊子如我大為心動，返鄉成為我的最愛。幾次返台，信疆分別陪我去看朱銘和洪通，一路都沒給我寫稿的壓力，令人十分感激。聽說我想看金門前線，他也作了安排，同行的還有當時的記者兼編輯林清玄。沒想到這回我卻犯了錯誤。

金門之行太有意思了，尤其與接待的軍方代表曹主任拚酒，不禁勾起青年時代與軍中作家楚戈、瘂弦等交往的回憶，返美即寫了篇散文記錄這份觀感。正好《聯合報》副刊主編瘂弦來電約稿，我隨口答應，當天便付郵。文章很快見報，信疆即來電話。

「我們在等你的文章，你怎麼給了聯副？」

「哎呀，抱歉！你沒向我要稿……我以為林清玄會寫報導……」

「他寫和你寫，不一樣呀！」

我除了抱歉還是抱歉。後來和文友提及，無一不怪我粗心大意。原來兩報競爭激烈，「副刊高」和「副刊王」壁壘分明，文人也素有詩酒相酬的習俗，像我這樣不諳人情世故，不能以長年離台為藉口，只怪自己神經麻痺不仁。以後，每見到或想到信疆，我第一個念頭是：信疆，對不起！

人間副刊辦得十分風光，但是信疆也承受很大的政治壓力。八〇年代初，他一度被迫離職，乘機到美國遊學散心，曾來柏克萊舍下住了一晚。都說信疆善飲，正好存了幾瓶好酒，蒙他不嫌飯菜簡陋，竟喝得十分愜意。

原以為他會藉酒澆愁，談在台遭受的不公不平待遇，誰料他一心只想知道中國大陸的情況和未來走向。八〇年初，北京的「民主牆」和民辦刊物運動，炫若曇花一現，終以鎮壓結束，但已為關心中華民族的仁人志士呈現了一線曙光。無奈海峽兩岸仍是最近距離卻和解無期的狀態。信疆憂心民族和國家前途，慨嘆有心無力，只能以酒抒懷。我曾熱情投奔祖國，結果鎩羽而歸，對其憂思頗能感同身受，也跟著小抿了幾口酒。

「牢騷太盛防腸斷」，信疆才喝完一瓶就說醉了。其時前夫段世堯在邁阿密工作，我安排信疆在其大廳旁的臥房安歇，我和孩子在樓上歇息。半夜忽然傳來樓下乒乒乓乓的響聲，我猜想是信疆摸黑上廁所，撞倒了桌椅什麼的，三更半夜下樓查看也不方便，就沒搭理。天亮了，漱洗完畢下樓來，見信疆已酒醒並穿戴整齊了，臉上掛著歉意。

「不好意思，昨夜酒醉嘔吐，馬桶堵塞了。」

我安慰他一番，乘他吃早點時，請匠人來通馬桶。須臾完畢，付了六十美元，一直不敢問堵塞原因。居住二十載，全屋的馬桶也僅堵塞過這麼一回。依常理判斷，嘔吐物不可能堵塞管子，那信疆究竟丟進什麼東西呢？可惜沒機會問他了。

上回見到信疆是二〇〇五年夏天。我參加「新象」創辦人許博允組織的蒙古建國一甲子暨成吉思汗帝國八百年慶祝團，返程停留北京一天，轉機兼會友。高信疆是大家想見的朋友之一，更是我唯一想見的。聽說上世紀末他應邀到京創辦雜誌，可惜經營無成，那麼他現在作何營生？乍見面不好打聽。赴晚宴途中，我和他邊走邊聊，兩次聽他接手機，似乎是為人介紹投資項目。第二通電話他婉拒搭飛機南下某省，關掉手機時喃喃自語「條件不成熟，沒希望」云云。出於尊重，我忍著沒追問細節。

兩人談著，漸漸落於眾人之後。我乘機向他請教一個困擾我半年的顧慮。其時正寫作自傳《堅持・無悔》，不知是否要寫出我知道的一些牽涉金錢交易的政治內幕。其中兩位也是信疆熟識的文化人。

「作家是應該有聞必錄、忠於歷史，」我很猶豫，「還是避開不談，以免落人揭發隱私的口實？」

一直默默聆聽的信疆，半天才透露一句：「忠於歷史是原則。」

這是我聽到信疆的最後一句話。一代儒士，果然言簡意賅，令我終生難忘。

——二〇〇九年六月十九日　《中國時報》

黃友棣・杜鵑花

淡淡的三月天，杜鵑花開在山坡上，杜鵑花開在小溪旁，多美麗呀，像村家的小姑娘……

我們六七人圍著病床上的黃友棣，齊唱大師譜曲的〈杜鵑花〉，希望獲得他青睞。大師眼未睜，忽然嘴角張開一兩秒，我們立即大聲歡呼：「老師聽見了！」

黃大師二〇〇八年接受文化局頒獎時，不幸跌了一跤，從此臥床不起。音樂界的朋友聽了都為之祈禱，盼老天保佑他早日康復。最近文友錢莉返台省親，說起五月要在美國休士頓舉辦「永遠的杜鵑花：黃友棣作品演唱會」，有意去高雄探望這位與民國同壽，集作曲、作家、演奏與教授於一身的大師，我樂得連袂南下。

這天是元宵節，陸續來探望大師的還有溫哥華回來的作家李秀，以及大師在高雄指導過的合唱團團員，病房裡充滿了溫馨的告解和喊話，愛戴之情溢於言表。李秀就邊握大師的手，邊訴說當年學藝心得，還不斷提醒：「快起來吧，你說過要請我吃飯喔！」曾幾次驚喜交加地喊起來：「他握我的手，他聽見了！」

我們這一代是唱著〈杜鵑花〉、〈阿里山之歌〉長大的，聽到〈偉大的中華〉、〈當晚霞滿天〉時也會心潮澎湃。大師作曲超過兩千首，用現代手法表現古典詩詞，讓民歌高貴化，讓音樂大眾化，符合古聖「大樂必易」的哲理。晚年定居高雄圓照寺，更進一步在地化，譜出了大量的台語佛教曲，被尊為「音樂菩薩」，堪稱曠世奇才，足當「國寶」之譽。

大師人品也令人欽佩，不計較什麼版權和專利，所作歌曲任人演唱，只要求別竄改，尊重原作即可。音樂是他的宗教和生命，卻從未尋求任何名位，經常婉拒各界的授獎。對學生則傾囊相授，循循善誘，自然獲得善意回饋，如今日夜守護在病榻旁的便是一位合唱團團員。

大師生性灑脫，九十歲時即預立遺囑：身後不發訃聞，遺體火化後，骨灰灑在森林裡。那時醫療資訊尚不普及，不知可以預立安寧照護，免去氣切、插管、鼻飼、吸痰、導尿……等侵入性療法，以免植物人的痛苦。

望著他面無表情地躺在床上，回想他一向注重儀表，向來衣冠楚楚，如今卻僵臥病床，眼看將滿兩年了，不知何時得以解脫，著實令人傷感。〈杜鵑花〉唱到一半，不禁熱淚盈眶了。我只能禱告上蒼，有心應有好報，救救我們的國寶音樂家吧！

——二〇一〇年三月十五日《聯合報》

附記：黃友棣於二〇一〇年夏天走完最後旅程，平靜安祥，予人永恆的懷念。

永遠的老紅帽

說來有趣，我和陳映真未曾謀面就先通起信來。那是一九七九年秋，我從溫哥華移居加州柏克萊前後的事，緣因受了美國文友聶華苓的電話囑託。

一九七三年離開中國大陸後，我從港台的資訊中，逐漸獲知陳映真的故事。原來他年輕時思想「左傾」，參與讀書會被舉發而坐了七年政治牢。讀書會？這不正是一九六六年我投奔「社會主義祖國」前，在美國留學時的作為嗎？從此引為同志。我還從他的小說中，體會到一份對社會勞苦大眾的關懷，更加心有戚戚焉。

華苓說，映真出獄後一直受到監視，包括信件檢查。七〇年代末，台灣民主運動正風起雲湧，映真顯然和其時的「黨外」民主人士密切來往，已經被傳喚並短期拘留過。華苓希望海外知名人士常給他寫信，讓查信的情治單位知所收斂。那個對內專橫高壓的威權年代，國府對國際輿論尚存一絲畏懼。海外華人除了言論，能做的實屬有限，因而我努力寫信，視為愛鄉的責任。

一九八〇年正月，我因「美麗島事件」返台求見蔣經國總統，在台逗留了六天。返美前，黃春明等文友在北投舉辦一場老中青作家聚會，我才第一次見到映真。「一見如故」是最佳印象寫照。以後每次返台，一定找他相聚。不久，華苓主持的愛荷華大學「寫作坊」，邀請他和七等生訪美一學期。返台前經柏克萊，舍下為他們舉行餐會，舊金山僑界的藝文人士都來參與，熱鬧非凡。

他送我一個鶯歌出產的陶瓷筆筒。

「不是什麼珍貴禮物，」他強調，「但它是台灣的土燒出來的。」

我理解他的心意。光是想像它被包裹在衣服裡，窩藏行李箱中四個月，繞了一大圈美國才到我手中，怎能不感動？返台定居的這十四年裡，我搬了五次家，不知放棄或丟失多少東西，包括大學畢業證書和碩士文憑，但筆筒始終屹立我書桌案頭。

映真對拙作《尹縣長》一系列反映大陸「文革」倒行逆施的故事，從不置評。多年來和他交談中，全聽不到他一句諸如批評毛澤東的言語。鄧小平時代的「天安門事件」，海外一片撻伐聲，據說他也不動如山。尉天聰等文友送他一頂「老紅帽」，果然是絕佳稱號。

將心比心，我相信他也十分沉痛，只是不忍心批評而已。中共執政的缺失，若從民族百多年來的遭遇和表現來看，亦有可理解甚或諒解之處。我們從映真批評作家龍應台給中共主席胡景濤的公開信一文即知：以欺壓過中國的西方列強標準來度量眼前的中國，顯然不公平。這讓我想起上世紀三、四〇年代，居住在上海租界的華人，他們自以為高人一等而看不起同胞，也缺乏同儕心理。

以美國為例，自由民主加上富強先進固令人羨慕，但假自由和人權之名而行干涉它國甚至侵略它國，值得歡呼嗎？何況它一貫有雙重標準。我留學美國時，正直越南戰爭打得如火如荼，晚餐例必觀看電視新聞。每死掉幾個美國大兵便慎重其事地報導，但越南人成千上百被炸死則輕輕帶過，好像越南人不是人，只是數目字而已。至於國內對黑人的極端歧視，更不在話下了。

即使跨入二十一世紀了，美國「帝國主義」本質殊無變化，頂多換個花樣而已。以西藏為例，從中央情報局的解密文件可以看出，當年鼓勵、策劃西藏達賴喇嘛出走印度，接著又在美國本土的科羅拉多山上訓練藏人游擊隊，直到去年支援「藏獨」在歐亞鬧事以圖杯葛中國「〇八年奧運」……都是分裂中國、竭力阻遏中國崛起的伎倆。好在如台語說的「人在做，天在看」，一個甲子下來，美國經濟漸現捉襟見肘，而中國卻越挫越強，正逐漸恢復中華民族的自尊和驕傲。

映真寫了一系列跨國公司實行「資本帝國主義」掠奪的小說，有些人以為「突出政治」，但是幸虧他寫出來了，它們誠是台灣政治、經濟發展的客觀歷史呈現。作家的良知讓他們真實地反映社會現象，王禎和和黃春明也都有類似的小說作品。

社會主義是人類有史以來的共同理想，誰人不嚮往「各盡所能，各取所需」的大同世界呢？蘇聯和東歐的失敗，和今日中共的以變求救，即共產主義專制和資本主義經濟並行，都說明人性自私，只可因應，不可逆勢操作。然而「有夢最美」，我們的社會永遠需要理想和民主監督，映真的小說將永遠有存在的價值。

返台十四年，看到家鄉在「本土化」的口號下，文化備受美化、日化和韓化的侵蝕，有識者莫不心急如焚。這時想及映真堅定不移的民族主義信心，不禁肅然起敬。他是一頂永遠的老紅帽，台灣一道美麗的風景。

雕金更雕心

老友吳仁輔說要帶我去看一位金雕家，「保證讓你驚嘆！」我很懷疑，平生厭惡金銀，戒指項鍊固俗氣，金佛金面也缺生氣，怎會驚嘆？到了吳卿家，賞識到一系列金雕作品，果然令人驚嘆不已。

說「驚」是因為看了作品精細如鬼斧神工，會脫口而出「怎麼雕得出來呀？」

譬如即將運到上海博物館永久館藏的「大翼戰船」，模型靈感來自春秋伍子胥《水戰兵法》，原長十二丈縮小為四十三公分，寬高也按比例微縮，全船僅重三公斤。船艙共兩層，上層每兩名士兵划一只船槳，連下層艙內的一共九十一官兵，個個體積小過螞蟻，又表情不一，絕吧？

他是上博首位收藏的台灣藝術家。其實台北故宮早在一九九三年就收藏吳卿的木雕作品「瓜瓞綿綿」，它集螞蟻等七種昆蟲與苦瓜藤，細緻精巧難以筆述，眼見了也還是難以想像其過程的艱鉅。

吳卿只有國中畢業，沒有受過學院訓練，靠自修成就自己。十七歲開始學木雕，很快就對螞蟻情有獨鍾，從而步入見微思著的另類大千世界。微雕需要細心，更要耐心，沒有全神貫注絕雕不出細若游絲的藤蔓。譬如一組以螞蟻為主題的金雕生態作品「鄉野情懷」，光螞蟻就有八百〇六隻，且尺寸不一；每隻螞蟻要雕一個工作天，加上蟻巢、其它植物和昆蟲，整件作品耗時一千二百天才完成。「大翼戰船」有團隊協助，僅花了兩年時間，吳卿還覺輕鬆呢！

他解釋：「金雕用加法，細節雕好後一件件黏貼上去；木雕用減法，一塊木頭仔細削減出一款款細節，比較費工費時。」

願意曠日廢時地工作，雕刻家除了理想，必還有一股傻氣在支撐。當初耗費心血於小小螞蟻，顯然志不在名利，那他追求什麼？

和所有藝術家一樣，吳卿追求創意。不同的是，以前理解創意是「做別人從沒做過的，做別人想到而做不到的」。多年為藝術而創作後，他發覺：「真理才是我要追求的最高境界。」

吳卿把工作比做修心和修行。三十年來，他勤讀佛經和參禪打坐，確實練出超人的定力和專注功夫，作品更展現了出世又入世的空無、大自在境界。從一系列作品如木雕的「無礙」、「夢蝶」和金雕的「緣生緣滅」、「法喜」等，觀眾一路和藝術家一起探討生命的虛實和無常；觀賞吳卿的作品，宛如經歷一場心靈的洗禮。

我曾見過一位命相家，從純粹賺錢到苦口婆心以助人，十五年後面相變得慈祥圓融如一尊佛菩薩。吳卿也是一幅圓融菩薩相，除了天生圓臉，相信也有心無旁騖的修行和溫和謙虛的加持才是。

五十出頭的吳卿，作品已被海峽兩岸重要博物館收藏，以他精益求精的個性，相信會不斷超越自己，為自己也為藝術爭光。

——二〇一〇年八月十六日　《聯合報》

收藏界的怪咖

早聽說四川有個收藏怪咖叫樊建川，從事房地產有成即轉業博物館，無所不收，從三寸金蓮到蔣介石手跡，都躬親求索，鍥而不捨，到手為止。汶川地震週年時，我正好在成都，特地和新加坡文友尤今去參觀。

車到大邑縣安仁鎮，就見人潮湧往同一方向，原來是汶川地震博物館這天開張，免費供人參觀，加上慶賀地震復建的進度超前，參觀紀念館有溫故知新兼緬懷死難者之意，乃出現扶老攜幼的熱鬧場面。

好不容易車子蝸行到一座牌樓聳立的莊園大門，觸目是塊書法家啟功題刻「建川博物館聚落」的龐大花崗岩石碑。何謂「聚落」？原來五百畝的土地上建立了二十幾座博物館，每座都是國內外名建築師的設計，爭奇鬥豔，各有千秋；館外則名花異草，還配置名家雕塑品，琳瑯滿目，儼然是座建築和藝術的大觀園。

經過了解，博物館分成三大系列，有民俗文化（如三寸金蓮、喜文化紀念館）、紅色年代（文革紀念館）、抗日戰爭及剛開張的地震館。這麼多博物館，據說走馬看花也得兩三天，我們時間有限，決定先看地震館。

地震館有三十多個展廳，收藏五萬餘件藏品，包括從廢墟中清理出來的建築構件、家具和電器及地震復原場景。有個展廳叫「震撼五一二——六一二日記」，展出震後一個月中的每日圖片、實物、感人語錄和詩歌作品等。還收藏溫家寶總理慰問災民時使用的話筒，第一艘打通水上生命通道的衝鋒艇，空降兵「十五勇士」使用過的降落傘等等。另有軍人和民眾救援、校園重建等專題展廳；地震美術作品館則收藏有關的雕塑、油畫、國畫、書法等作品。一趟走下來，宛如重溫了一年前的震撼和感人事蹟，心情隨之澎湃不已。

我這個年代的人對抗日戰爭相當熟悉，接著參觀抗戰系列的三個館。首先是「抗戰文物陳列．正面戰場」館。為什麼用「正面戰場」四字？這和「紅色年代」代表文革一樣，都是避開政治意識，迂迴表達的方式。我住中國大陸的那幾年，中共一貫宣傳「國民黨不抗日，中共才抗日」云云。直到最近，才見到胡景濤表示抗日有兩個層面，國軍是正面作戰，共軍在後方打游擊。其實光從幾百萬死難將士都是國軍這一點，就知道是誰真正在抗日了。這也是為什麼國民黨前副總統連戰，四年前，即抗日勝利一甲子，給這個館題了「國民黨抗日軍隊館」，如今懸掛在正門前。

這個館很受大陸同胞歡迎，可以看到毛澤東和蔣介石合影、蔣介石和宋美齡恩愛遺照固是原因，而還原抗日史實更加珍貴，國軍幾個著名戰役都有很好的圖片說明。放大的圖片常以整片牆展現，主角另外加上雕塑，更顯凸出，也是博物館的一絕。

還有一個「飛虎奇兵館」，主要收藏美國陳納德將軍領導的飛虎隊戰績圖片和生活用品。中印公路和滇緬公路被日軍阻斷時，這批健兒冒險飛越喜馬拉雅冰峰，給重慶的國民政府輸送補給品，陳舊的相片仍可見英姿颯爽，令人懷念。

陳納德遺孀陳香梅為它另題「援華美軍博物館」的名稱。她在參觀時還為博物館破解謎團。譬如，博物館收藏的美軍衣物中，有幾個帶鏡面的脂粉盒——大男人怎麼會有女士化妝用品呢？

「飛虎隊員在昆明和大學女生約會，用來送禮嘛！」

櫥窗內陳列了隊員的軍衣，令人驚訝的是，它們和今天世界流行的風衣，無論顏色和式樣都一模一樣。我想，當年的陳將軍，僅憑衣著瀟灑，就夠陳香梅另眼相看吧？

「抗戰老兵手印」沒有建館，而是在廣場上排列了一行行的石牆，上面刻上一個個鮮紅手印，構思奇特，十分壯觀。這些「血手印」是四川省黃埔後代聯誼會的成績，會員在全國各地串連黃埔老兵，用了幾年時間才收集而成，誠然是抗日的最佳證明。

成都文友楊學用是黃埔軍人後代，最佩服樊建川的政治勇氣：「他不問意識形態，只對歷史負責。」

書法家官大榮表示：「樊建川把打造博物館聚落視為第一生命，幾次宣示將來要無償捐給國家。我們深受感動，自發自動地四出搜集手印和抗戰遺物，人扛車運地送到他面前，分文不取。」

樊建川的獨生女赴美留學時，老爸也明示家產不留後代的意願。

「你到了美國，一定要找工作。」他用個變通的方法：「你賺一塊錢，老爸貼你一塊錢；一萬塊就貼一萬塊，照此類推。你沒賺一毛錢，我也一毛錢不給。」

「一胎化」造成中國大批的「啃老族」，樊建川的家教令人佩服。

錄。

晚上看電視新聞，當日僅地震博物館就接待了八萬遊客，相信可以列入金氏紀錄。

讀者若到成都旅遊，千萬撥冗參觀。八百多萬件文物收藏品外，藝術雕塑，荷塘小橋，花徑柳蔭，酒店、客棧、茶樓和麻將桌齊全，可說集文化和旅遊休閒之大成。私人企業有此創意和規模，不但是四川，在全國也堪稱首屈一指。

——二〇〇九年六月十日《聯合報》

媒體治國VS國治媒體

十一月中旬旅遊北京時，朋友陪我拜訪了《炎黃春秋雜誌》，和正、副社長杜導正、楊繼繩及胡思總編餐敘一番，頗多感慨。

《炎黃春秋雜誌》創刊於上世紀九〇年代，由大陸傳媒的黨員退休幹部主編，賴訂費和小額捐款維持。雜誌擁有八萬多訂戶，因傳閱量大，讀者當不止兩倍。在新聞不自由的中國，咸認是最敢言也最穩重的雜誌。

「敢言」和「穩重」似乎矛盾，說穿了是善於擦邊球。幾次出狀況都賴幾位有良知的退休高幹說項，一路走得跌跌撞撞，但也存活了十八年，成為關心國事的知識份子必讀之物。

雜誌招牌不起眼，核心的編輯部僅小房一間，四五張書桌加上幾把待客的椅子而已。包括社長等也僅四五位編輯，全是中老年人，個個顯得專業又誠懇，對台灣來客更是親切友善，樂於坦誠交流。

來前拜讀過九月號的《炎黃春秋》，其中〈文革後期我與四川省委書記的交往〉一文，文筆平實但令人拿起就放不下，非一口氣讀完不可。它提到趙紫陽經常到農村調查，所到之處都不許黨政機關派人迎送，其人作風平易近人；當時川人流傳一句「要吃糧，找紫陽」，足見感戴之情。這是天安門「六四事件」二十年以來，首次正面報導趙紫陽的文章，這期雜誌也賣得特別快，足見人心所向。

我奇怪：「文章內容寫得那麼清楚明白，為什麼題目要刻意迴避『趙紫陽』三個字呢？」

朋友代回答：「不願意公然得罪江澤民和李鵬嘛！」

胡錦濤和溫家寶上任幾年了，江李還能這麼囂張？

「高層領導中，他們還佔六成的勢力哪！」

太不可思議了，連取個題目都如此迂迴曲折，那「新聞自由」到哪天才有影子？

新華社記者出身的楊繼繩並不氣餒。「我們會堅持不懈。在中國追求民主和改革，怎麼說……叫『碎步前進』。」

談話中發現，這幾位編輯對海內外局勢都了然於胸，諸如全球金融海嘯、生態危機和糧荒危機等，都很關注。提到糧荒，大家都同意，天災固不可逆，人禍更致命。我順口問楊繼繩：「中國古代就曾發生過人吃人的事件吧？」

「有。」

實事求是的回答，印證了甫於香港上市的《墓碑》內容，都是調查研究的結果。這部長篇巨作是他以親身經歷和多年蒐證來還原上世紀六〇年代初的中國大饑荒，它導致死人以千萬數，甚至親人相食的人間悲劇。通過真誠反省和客觀數據，本書對毛澤東發動的「大躍進」和「人民公社」，作了冷靜和沉重的控訴。

《墓碑》不能在大陸出版，幸賴無遠弗屆的網路之賜，已然流傳開來。談到言論和出版自由，《炎黃春秋》諸君並無慷慨激昂的語氣，卻不掩鍥而不捨的神色，相信「量變」必達「質變」，也相信中國人終有民主自由之日。

想到台灣的民主自由也非一步登天，果然要有長期抗戰的精神。

「猜我幾歲？」《光明日報》老總出身的杜社長，突然考我。

看他白髮不多，談笑風生，頂多七十歲吧。

他哈哈大笑，還比劃手指，原來已經八十五歲了。如此高齡還天天準時上下班，光這份高度投入的義工精神就令人敬佩。

談到台灣的媒體生態，我自是十分自豪，但也指出有時會自由到氾濫成災的地步，譬如為了搶新聞或聳人聽聞，會有跨大甚或製造假新聞。然而拜資訊發達和新聞工作者勇於探索及爆料，常讓政府顯得落後、被動，結果會影響政府決策，也功不可沒。

「我們有時戲稱，台灣是『媒體治國』呢！」

胡思總編沉思片刻後，有感而發：「『媒體治國』和『國治媒體』，哪個好些？」

我衝口而出：「都不好吧？」

接著大家相視而笑，心意盡在不言中：與其國治媒體，不如媒體治國！

返台不久，看到香港報導：前中共高層領導不爽《炎黃春秋》為趙紫陽翻案，已對杜導正和楊繼繩施加壓力，要兩人告老退休。

我相當吃驚。年初《冰點雜誌》刊登龍應台批評高層的文章，中宣部原下令停刊，後來網路一片撻伐之聲，結果以撤換總編平息民怨，但實行變相控制。如今顯然要對《炎黃春秋》如法炮製了。我立即給北京的朋友去電話打聽最新發展。

朋友次日回電：「確實曾經要杜楊倆告老退休，但是杜老先就一口拒絕，堅定表示：我不覺得老，不打算退休！現在沒事了，以後且走著瞧。」

好樣的，杜老加油！

——二〇〇八年十二月十九日《聯合報》

第二輯

我鄉素描

大富村今夜有蕭邦

中元節前後，正好趕上阿美族馬太鞍部落的豐年祭。這是光復鄉一年一度的盛事，三天的嘉年華會中，男女老少盛裝而出，載歌載舞，歡欣無比。在一齣少女舞中，族裡未婚的女子全上場，包括兩歲的女娃也穿戴齊整，跟著隊伍跑跑跳跳。少女舞是部落祭典的傳統，而傳統就是要從小培養，馬太鞍人恪守傳統的精神令人讚嘆。

部落所在是花東縱谷得天獨厚的一片地，左擁中央山脈，右抱海岸山脈，而光復溪和芙登溪在谷地裡穿梭而過，觸目皆是綠色世界。這是棒球明星曹景輝的家鄉，不但族人以他為傲，我們遊客也與有榮焉，放眼青山綠水，總覺處處有情。

看完了豐年祭的舞蹈比賽，我們轉去大富火車站前的彭記擂茶店。光復鄉的一批藝文界人士，約在這裡和我們碰頭並享用客家擂茶。

彭記擂茶講究新鮮實料，等客人坐定了，店主才開始燒水、磨茶。沖泡後只見一缽碧綠，嚐之味濃且醇，滿口生香。配菜則客家和鄉土味並重，鹹豬肉和土雞外，現炒時鮮野菜，保證讓客人都吃飽喝足，每人只收一百五十元。

光復鄉有志文藝者，人數不算多，貴在能夠同心協力地推廣社區的藝文活動。其中以赫恪年紀最大，也最熱心。

乍見赫恪，白髮蒼蒼，衣服簡樸，以為他是原住民。

「我是落戶在花東縱谷的蒙古人後代。」

赫格原是紀錄片導演，定居大富村後，致力於發掘本地的糖業和蔗農運動史。寫作之餘，更想方設法要豐富村民的藝文生活。這晚在車站舉行的畫展和鋼琴演奏會，便是一個典型的例子。

大富在日治時代原名大和，公家在此種蔗設廠，火車站應運而建。台灣光復前後，此地經濟繁榮，人丁興旺。十幾年前台糖公司關廠，人口仍在六千人以上。不幸台糖關廠加速了產業外移，人口迅速凋零，如今只剩千把人，多為老弱病殘。車站的荒廢就是經濟衰退的顯著例子。

現在的大富站，一天只通過四次火車，難得有人在此上下車。售票口、辦公室、廁所……因而全都取消或廢棄，只剩下四壁和樑柱齊全的空殼子。它背枕中央山脈和光復溪，位於全村丁字形的交通要道中心，不懂風水的人也可以一眼就看出它的絕妙方位。

「這麼好的空間長期閒置著，太可惜了！」

赫恪於是設計了一系列利用閒置空間的計畫。首先是畫展，並以國際水準的鋼琴演奏打響這第一炮。

為了籌措這場盛會，大家自掏腰包，個個任勞任怨。畫家們拿出自己的得意之作，掛上車站大廳的四面牆。年久失修的牆壁，處處污漬斑駁，然而鄉土畫家的作品展現的是青山綠水和濃郁的鄉土人情，兩相映襯，更彰顯了老車站枯木逢春的盎然生機。農會贊助了這場盛會的餐飲，有米粉、酸菜筍片湯和粉圓，質佳量豐，讓扶老攜幼而來的鄉親吃得很開心。

鋼琴家蔡佳憓準時從台北趕來。她七月才從美國取得音樂博士回來，曾在國外多次演奏，廣獲好評。回鄉後常作公益演出，今夜也是自費來大富共襄盛舉。

一架老舊的鋼琴，被抬上車站出入口的台階上。窮鄉僻壤遍尋不著調音師，但是蔡佳憓試了試，表示「問題不大」。她從巴哈的C大調開始，順著音樂的時光隧道，接著一個個音樂大師的小品彈奏下去，彈最多的是蕭邦的小調。只見錚錝琴音從她指間流瀉而出，蕩漾在暮靄漸深的縱谷裡，聽得愛樂者鼓掌不絕，幾度高喊「安可」。

廢棄車站有此盛會，此情此景在大富村絕對是史無前例。

剛開始，孩子們還怯生生的，但是琴音很快吸引了他們的注意力，很快就聚攏過來。有的攀上琴架，有的挨著琴座，甚至你推我擠的，但個個張大了眼睛，有懂沒懂都不肯錯過接近音樂的機會。

蔡佳憓毫不在意，不管環境多麼嘈雜，只一味專注、忘我地彈奏下去。一個多小時裡，有一列火車驚天動地般奔馳而過；天空降下一場雷暴雨，水滴大珠小珠般落在台階上。鋼琴家全置若罔聞，而是以鏗鏗的琴音把它們一一送走，留給我們的是美麗悅耳的音符，以及此生難忘的記憶。

光復鄉，不，全花東的藝文界都清楚，台灣東海岸只適合開發觀光產業，而觀光一定要有文化內涵才有品質可言，也才能永續經營。

大富村很小，村民很少，但是只要有心的藝文人士努力耕耘，村民的生活必有改善，創造另一番榮景也是指日可待的事。

台南古蹟開元寺

拜台灣文學館開館之喜，有幸參訪了台南市多處古蹟，得饗文化盛宴，實在三生有幸。

台南市古蹟寺廟之多，堪稱全台之冠，如第一座官建官祀的媽祖廟「大天后宮」、祀典武廟、法華寺和開元寺等。這些寺廟都見證了地方開發和朝代興衰，許多還是文化活動的參與者，文化氣息之濃稱得上蓬萊之冠。其中開元寺是初訪，得償宿願，印象特別深刻。

開元寺原址是鄭經奉養母親的「北園別館」。母子雙亡後不久，台灣入清國版圖，官方於一六九〇年在原址加以擴建，遂成台灣第一座佛寺。三百多年來古剎歷經滄桑，土地大量流失，然而目前還保有「伽藍七堂格局」的規模，擁有三川門、彌勒前殿、大雄寶殿、觀音殿、左右配殿和鐘鼓樓等，猶存大寺風範。儘管地處鬧市，為利樂眾生而在寺旁蓋起了醫療大樓，而民宅高樓也直逼廟口，但是山門前保存了大片的庭園，其中古木參天，綠蔭蔽日，遊客置身百年的老榕和菩提樹下，凡塵莫不為之蕩滌一清。

從山門開始，所有的建築和裝飾都是精雕細鏤，譬如門神彩繪就是本土大師蔡草如的代表作。正殿供奉了華嚴三聖，簷廊和枋樑交際處有扛舉承重的人形木雕，即是「憨番扛大杉」，凸顯了早期漢族移民的優越感。

第四進的觀音殿是仿古之作，但和原建築尚稱和諧。右側南山堂是紀念佛教南山律宗的創始人道宣，左側功德堂內有口「鄭經井」，井前還供著鑿井時挖出的大螺貝化石。

觀音殿後又是一片庭院，種有七弦竹，這是鄭經移植自河南臥龍岡。此竹黃綠色，桿細如琴弦，每八十到一百年會開花，然後枯死。今天竹枝仍隨風搖曳，生機盎然，可見已繁殖多代，也是中原文化在台繁衍並生生不息的象徵。

七弦竹旁有「詩魂碑」，訴說的是日治時代，詩社諸君為避文字獄而忍痛埋藏詩稿於此的故事。

關心台灣佛教史的人都知道，開元寺曾出了一位佛教改革先驅林秋梧。林秋梧出身貧寒，聰穎苦學，讀師範學校時受蔣渭水影響而加入「台灣文化協會」，為此遭到退學處分。後來偷渡到廈門，因研究哲學轉而對佛學萌生興趣。母喪返台，又參與「文化協會」於全台各地展開的社會運動，走上街頭到處巡迴演講。後因協會分裂，乃遁入空門，拜開元寺住持得圓和尚為師，法號證峰。

得圓法師和林秋梧都有志改革當時台灣佛教的迷信和腐化現象。在開元寺資助下，林到日本駒澤大學留學，拜禪學大師忽滑谷快天為師。這位大師原是曹洞宗僧侶，為了彰顯佛教改革，首先唾棄外在的形式，帶頭脫掉袈裟並娶妻生子。林全盤接受他的自由開放思想，還接他來台灣南北演講，一時轟動文化界。

林秋梧多次在《南瀛佛教》雜誌上發表文章，鼓吹「在此建設地上的天堂、此土的西方，使一切人類……無有眾苦，但受諸樂。佛所謂極樂世界，就是描寫著這個快活的社會」。

他是台灣第一位倡導「人間淨土」理念的出家人，還早於印順法師的《淨土新論》。

林秋梧的改革主張，大體是：反對迷信與神怪，崇尚理性；僧侶要博學多識，不要死守戒律；婦女解放，男女平等；台灣佛教教派多，要統一才能發揚光大。

可惜林秋梧出家四年就染病圓寂，享年僅三十有二。雖是英年早逝，但開放前衛的文字卻為台灣佛教史留下珍貴的篇章。

如今「人間佛教」的口號在台灣喊得震天價響，我希望開元寺能珍惜這段歷史並以此為榮。若能為林秋梧開闢個角落，展出文稿著作，世人當會明白，本土佛教的改革實在其來有自。

開元寺還曾是「白色恐怖」的受害者。林秋梧的駒大學長證光和尚，在日治後期擔任開元寺住持。二戰後，證光受邀赴大陸參加佛學會議，不料在白色恐怖年代，竟被誣告而遭逮捕槍決。

這一段歷史，開元寺若能為之平反和追思紀念，台灣人和佛教界對開元寺當有更深刻的敬意。

開元寺是二級古蹟，又在近代史上有所貢獻，好好規劃，必有助於提升佛教文化和旅遊觀光。

喜歡出國旅行的人說，他們到歐洲去看教堂，到亞洲則看寺廟。為什麼看不厭？很顯然，宗教和建築乃是最突出的文化象徵！自然風景固然美好，但是文化內涵取之不竭；只有深厚的文化才能吸引旅客一來再來。義大利風景平常，但是一年四季旅客雲集，要看的不外古教堂和文化遺址，即是最佳範例。

台南市得天獨厚，是台灣最早築街建城之市，歷經荷蘭、清朝和日本統治，留存了豐富的歷史文物。台南人長年受到薰陶，很能尊重歷史並珍惜文化，譬如敢於塑造並陳列羽鳥又男的頭像即是一例。

羽鳥又男在二戰期間擔任台南市長，曾在一九四二年戰況緊張之刻，排除政經困難而斥資整修孔廟及延平郡王祠，如此尊重歷史並順應民情，確實值得紀念。

這個城市格局不大，古蹟集中，可說是全台最佳的文化觀光勝地。漫步街頭，隨便注意一下，咫尺外即有古蹟。譬如圍繞著莊麗的台灣文學館（它本身就是日治時代台南州廳整修而成），可以參觀孔廟文化區、大正公園、台南合同廳舍、台南警察署、勸業銀行……，真是琳瑯滿目。數百年老樹更是隨處可見，濃蔭蔽天，樹姿古雅，堪稱美不勝收。

想了解台灣的過去，不可錯過台南市；欣賞過台南古蹟的，才不枉為台灣人。

台灣比丘尼的成就

台灣年年選舉，小到社區里長，大到總統，無不興師動眾，勞民傷財，更不提因選舉勝敗而起的糾紛，導致族群分裂，全民傷痕累累，令人痛心不已。

常聽人說：「台灣有一個人，只需宣布參選總統，足不出戶就穩操勝算，那就是釋證嚴法師。」

誠然，她是台灣公認最有德行和最高威望者。一位佛教尼僧，為什麼有如此成就呢？本文試就台灣佛教女出家人的成就因由，略做簡單分析。

一九四五年，二次世界大戰結束，也結束了台灣五十年的日本統治。戰前女人出家多為帶髮修行的齋姑，「男尊女卑」傳統體制下，她們背負婚姻不如意而「遁入空門」或「老死庵堂」的負面形象，社會地位低下。日治後期，由於西方思潮及日本佛教影響，漸有高學歷的新佛教女性出現。

國民政府來台後，沒幾年進入類似軍管的「戒嚴」統治，直到一九八七年才解除戒嚴。這期間，大陸來台的僧人（清一色男性）在政府支持下成立「中國佛教會」，接收重要寺廟並藉「傳戒」而壟斷佛教事務，延續傳統中國佛教。尼僧受到排擠和歧視，即使幾位留學日本的高學歷者，也因語言轉變，經歷脫胎換骨的學習，才得以輔助地位（譬如當和尚講經時的台語翻譯）而略展長才。這時期，男女出家比例是四比六。儘管人數眾多，比丘尼仍位居比丘之下，不得公開講經弘法，可說備受壓抑。

「解嚴」後，言論和集會結社等禁令鬆綁，旋即通過「人民團體法」，各種宗教組織和會所紛紛興起，佛教因貼近民間信仰，寺廟建立更如雨後春筍，也出現多種新興佛教。隨著社會風氣的開放，純比丘尼道場和住持受到容忍，大道場進而自行傳戒，「中國佛教會」逐漸轉為散發戒牒的象徵角色。

進入九〇年代，佛教在台灣已取代基督教成為顯教，寺廟多達兩千家，以佛光山、慈濟、法鼓山和中台禪寺四大道場最為人稱道。根據釋昭慧尼師在其《台灣漢文化之本土化》書中的估計，佛教徒占台灣人口四成之多。出家人地位大為提升，吸引了年輕人和知識份子的參與；九〇年代時，不少大學生畢業即剃度，一時蔚為風氣。出家，不但從以往的「厭世、遁世」轉為生活方式的選擇，不少婦女更視為發展個人長才的另類機會。

大道場都從事多功能經營，報紙、雜誌、電台、電視台、佛學院和大學……都辦得有聲有色；名聲顯赫或學有專長的比丘尼還上電視弘法，到大學授課。大道場也在大城鎮設立分會，並擴及海外，弘法交流也吸收外國徒弟。鼓勵僧尼出國留學，佛學外還旁及現代管理等科目，博士學位比比皆是。講經、譯經和著述之多及流傳之廣，皆屬空前；印順法師接續太虛大師倡導「人間佛教」，其著作便普受海內外讚譽。國際救災非常踴躍，也聲望卓著，台灣佛教堪稱聲望遠播，興旺空前。

根據台灣佛教史學家江燦騰教授的嚴格估算，出家人約在一萬人左右，男女比例為二比八。尼僧之多，而且高學歷、高成就，三者並稱台灣佛教特點。比丘尼自辦佛學院，如香光尼眾佛學院、弘誓學院、法雲佛學院等，為佛教界培養了品學兼優的女眾出家人。她們還走在宗教改革的前端，挑戰中國傳統父權體制的僧團運作，呼籲回歸佛陀時代如兄弟手足般的僧侶關係。她們也主張廢除歧視比丘尼長達兩千五百年的「八敬法」，要求兩性平等，體現佛教「眾生平等」精神。大陸佛教已取消燒戒疤的自殘行徑，台灣個別比丘尼有見賢思齊之意，但整體不為所動，可見佛教界的保守。

江教授在其著作《台灣當代佛教》表示：「總體而言，出家女性是台灣佛教各寺院的主力幹部、經濟大臣和庶務專家。」

比丘尼何以有此高成就？

首先拜教育普及之功。戰後推行國民小學義務教育，大學和中學則採不分性別的聯合考試制度，婦女有機會受教育並吸收新知識，一洗四百年來的文盲形象。

其次，政治改革，經濟起飛，民間富裕的資金流作宗教發展的挹注。以二〇〇〇年人口十萬的中部山城埔里鎮為例，各教派會所登記有案的約兩百家，包括未登記的則高達五百家之多，宗教之興旺可見一斑。其中佛寺最多，建築最是壯麗，中台禪寺便以全球最高廟宇著稱。女子出家非旦不受歧視，知識女性甚至成為道場擴張的網羅對象。女性住持的比例逐漸上升中，目前已達三成左右。

生育率下降，造成人口「少子化」現象，也是比丘尼人數凸顯的原因。台灣習慣「多子多福」，七〇年代開始宣導「兩個恰恰好」的人口政策，後來知識女性自動降為「一個不嫌少」，但是「傳宗接代」的風俗仍根值人心，男性出家的阻力一直遠大於女性。社會富裕加上生活多樣化了，剃度後還俗的現象並不少見。還俗的男女比率，從以往的六比四升為七比三。比丘尼在寺院道場扮演的角色日益吃重，難怪有人戲言，台灣寺廟快成女人國了。

台灣婦女解放運動影響也大，男女平權的思想以及女性自主意識的提升，在在影響寺院牆內的修行者。社會風氣自由開放，價值觀改變，都有利於比丘尼發揮才幹。不但個人成就出色，整體表現也好，以純女眾的香光寺和慈濟的靜思精舍為例，都令人刮目相看。

香光寺以管理現代化和人才年輕化著名，高學歷也高行政力，在組織課程、電子資訊、佛學著述和弘法上，她們都有亮麗的表現。

慈濟的出家眾不過百多人而已，卻領導了全球幾百萬居士，在救難搶險、醫療、教育和扶貧上，樣樣走在人前。她們運作企業化，更善於統合媒體和人力資源，國際名望之高，已晉身諾貝爾獎提名之列。

幾位代表性比丘尼

釋如學（1913-1992）　新竹名醫之女，留學日本，返台接掌碧光嚴寺，有「台灣尼姑王」之譽。台灣光復後，比丘尼被擠壓，加上日語不流行，講經著述備受挫折。上世紀中葉毅然率徒改營高檔素食料理，收入用以支持師徒修行及她創辦的「法光佛教文化研究所」。

釋天乙（1924-1980） 出身世家，早年留日，未婚即出家，以學養及行政能力著稱。在比丘尼不得上台講經的年代，她以台語傳譯比丘的普通話來弘法，多次應邀擔任尼戒和尚。一生住持四個純女眾道場，呼籲女眾自覺自重，向社會證明「出家不是為了逃避饑餓和貧窮」，並強調「僧事僧決，比丘尼事比丘尼決」，也即「由尼眾指導及管理尼眾」的原則，公認是台灣佛教轉型期的比丘尼典範。

釋曉雲（1913-） 出生廣東南海，年輕從嶺南畫祖高劍父習畫，以畫聞名藝壇。四十歲在香港出家皈依天台宗，發誓不做住持，不建大廟，以發揚佛陀偉大的人類教育家之精神，終生獻身佛教教育。一九六六應聘來台，先創立佛學園，一九九〇年創辦「華梵工學院」，一九九七年正式成立「華梵大學」，乃中華有史以來第一所佛教徒所辦、也是第一所比丘尼創辦的社會大學。

釋恆清（1943-） 台南人，留學美國時於萬佛城出家。一九八四年獲威斯康辛大學博士學位後，返台任教於台灣大學哲學系。以現代方法研究如來藏學，著作

《佛性思想》。一九九〇年首創佛學研究生論文發表會。一九九七年協助成立「中華電子佛典協會」，推動佛學研究電子化。

釋寬謙（1956-）　藝術家楊英風之女，出家後大力護持佛教藝術，現為「覺風佛教藝術文化基金會」董事長及法源寺住持。創辦「大自然法源禪林戶外藝術雕塑公園」，深受信徒讚揚。現正籌備「佛教藝術展示館」。

釋證嚴（1937-）　台中清水人，印順大師弟子，靜思精舍住持，七〇年代在缺醫少藥的花蓮籌建慈濟醫院而聲名大噪，開台灣不必繳保證金即可住院的先例。醫療擴及教育，創辦「佛教慈濟大學」，並推動聞聲救苦的濟貧救災活動。記錄其開示的《靜思語》，譯成多國語文並發行全球。擁有先進且多元化媒體，包括電台、電視台、網站、雜誌及出版社，精舍以靜思堂名義擴及海外各大城市，信徒超過四百萬。國際賑災經常搶在第一時間，是台灣最有活力的教團，也是最大慈善機構。國際聲名卓著，法師備受愛戴，慈濟事業被稱為「台灣奇蹟」之一。

釋昭慧（1957-）　八歲自緬甸移民台灣，大學畢業即出家，師承印順大師「先入世而後出世」的「人間佛教」理念，提倡佛教改革以適應現代潮流。著述豐富，尤強調身體力行。第一位為社會不平而走上街頭抗爭的比丘尼，有「佛教界俠女」

之譽，抗爭從衛護教義到環境保護，包括政治議題，因而在佛教界頗有爭議性。創「關懷生命協會」，為動物權呼籲，乃台灣動物保護運動之始。本世紀初，提倡男女平權，帶頭撕毀佛教歧視女性的「八敬法」，引起軒然大波，指責之聲紛至沓來，卻能不動如山，是台灣眾多比丘尼的學習榜樣。

——二〇〇五年六月十四日「江蘇各界傑出女性論壇」論文

我們是一個島

總統大選前兩天，舍下鄰近的豆漿店早餐時段忽然排起長龍，多了以日語打招呼或漢英語夾雜的顧客，顯然都是趕回來投票的僑胞。空前的熱鬧場面反映了兩黨號召動員力之強，而台灣人不辭旅途勞累，重視自己神聖一票的精神，也著實令人歡喜感動。

我經歷過美國的市長、州長、議員和總統大選，選況熱烈比不上台灣，就是負面的選戰技倆，諸如人格抹黑、族群訴求……，也遠遠不如。台灣本來只有原住民和陸續來的漢族移民，卻被選舉分化為四大族群和統獨兩大區隔，每逢選舉族群關係即被撕裂一次，舊痕新傷，都是難以承受的痛。近來又上升為誰「愛台灣」，反之則不言而喻即「賣台」。一度還有人使用「聖戰」一詞，幸虧輿論及時撻伐，否則寶島簡直要淪為恐怖主義戰場了。

我認識一個小台商黃君，台灣的鞋廠眼看要關門了，幸好轉去大陸另起爐灶，幾年下原來卓然有成。他不但寄錢回台養家活口，八年前發現花蓮台十一線公路（素有藍寶石公路之稱），它的拓寬工程竟是對著綠色山坡開腸剖肚，在美麗的海岸丟下醜陋的水泥消波塊，從此投入搶救台灣東海岸的工作，台陸兩邊跑。

我們只有一個台灣，他說，不能再破壞了。

我有個女友，是土生土長的第四代移民，去國多年後，因不勝思念乃放棄美國的一切，獨自返台定居，以償服務家鄉的夙願。前幾年和一位同鄉結婚，丈夫對台灣獨立的追求十分執著，兩人常為此爭論不休。

她最近向我訴苦，夫妻為了投票對象，吵成了「一邊一國」。

原來是，女友曾在中國大陸住過一陣，深知十三億人口「大一統」觀念之深，更衡諸國際現狀，尤其是美國的外交政策，她以為「維持現狀」是較務實的兩岸政策。然而先生能說善道，女友說不過時，只好訴諸感情了。

「無論如何，我是愛台灣的！」

「你愛台灣算什麼？」先生不為所動。「你知道誰最愛台灣嗎？中國最愛台灣！」

女友慨嘆，道地的台灣人愛台灣尚且如此辛苦，外省同胞該多沉重！難怪有人為了認同這塊土地，附和台獨還要特別組成「外獨會」。

「本土化」是不錯的訴求，但宜照顧到為數頗多的少數族群。譬如努力推動台語教學，大學紛設「台灣語文」科系，但是福佬人以自己使用的閩南語為「台灣」語，真那麼合情合理嗎？客家語言和許多原住民語又該如何？兩千多萬人口的國家，有必要花費人力物力來尋求語言上「百花齊放」嗎？

半個世紀前以威權手段推行的「國語」，如今是族群普遍通行的語文。福佬人是多數族群，若能以大哥哥的寬闊胸懷，記取以往閩南語受壓抑的痛苦，並能既往不究，在眾人熟悉的語文上融入耳熟能詳的各族群詞彙，讓它變成「台灣國語」，相信大家都會口服心服。這種自然形成、合乎語言規則的語言，大陸十三億人口和海外四千萬僑胞能懂，世界各國凡學會漢語的也能通，豈不一舉數得？為了生存和發展，台灣的本土化、現代化和國際化，應是缺一不可才是。

有位朋友說：「街上看到『中國』兩字就感冒，名不正也言不順嘛！」

我勸他不必操之過急，凡事總有個過程。以前強調「中國」，到處是「中華民國某某協會」，和現在強調「台灣」都出自同樣心態，也即時空使然，客觀的歷史存在。很多人和大陸交流，也發現頂著這個「帽子」很尷尬，但是台灣法令繁瑣，去之不易。好在我們是法治國家，哪天立法委員口水戰累了，動手修改法令規章就可以解決。

「本土化」不宜以「去中國化」為代價。中國文化是台灣文化中最重要的組成部分，舉凡閩南語言、閩南建築和風俗習慣等多來唐山，宗教信仰也多源自漢傳佛教和道教，媽祖來自湄洲……，怎麼「去」得了。作為最大族群的福佬人，何不敞開心胸，以「中國為我所用」的豪邁和高瞻遠矚，對各民族傳統兼容並蓄，再吸收西方文化來推陳出新，這樣的台灣文化必然可長可久。

我常思索，為什麼有族群問題。其實台灣已獨立存在半個世紀了，人們之怕「台獨」，是恐懼它為了彰顯「獨立」而「去中國化」的種種主張。任何人都需要安全感，尤其不能忍受文化的剝奪，道理至為淺顯。

「有容乃大」，為了台灣的安定繁榮，讓我們福佬人以柔軟心和包容心，視族群為兄弟姐妹，以老大哥的身分負起家人和睦相處的責任。

只有團結一致的台灣，才有可能推動兩岸的和解，中華民族才能繁榮昌盛。

——二〇〇五年三月二十八日　《中國時報》

一次終結二二八悲情

公元兩千年，台灣開始「政黨輪替」，是民主政治的正常運作，可喜可賀。美中不足的是，每逢選舉，「二二八悲情」都被一方拿來炒作，無異為全民傷口撒鹽。二〇〇八年，國民黨的馬英九當選總統，寄望他能在第一個任期內，就這個歷史事件做個了斷，一次終結這段悲情！

馬英九應該是國民黨遷台以來，最合適執行這項任務的人選。他誕生於事件之後，出生地在香港，家族和事件沒有糾葛。他也是國民黨有史以來最有學養和風度的官員，遇到缺失勇於認錯道歉——有時道歉過頭了，但總比耍賴或裝聾作啞好。

迄今，馬英九已為「二二八」向社會、家屬和紀念碑鞠躬道歉數次了。他還誠懇地和家屬交朋友。這回總統選舉，還有家屬出來為他站台，意義不同凡響。它證明一件事：過錯和缺失是可以化解並被原諒的。俗言「精誠所至，金石為開」，此之謂也。

釐清歷史真相

事件雖然發生在六十一年前，但還原歷史真相並不難，許多官方檔案都已解密了，加上當事人和受害家屬留下的口述檔案，包括死難人士的統計數字，以往眾說紛紜，但現在應該有個公正明白，可以蓋棺論定的交代才是。

「二二八」最常被理解為「官逼民反」事件。都因戰後經濟潰敗，包含日本政府走前的資源掠奪，以致民不聊生，而接管的陳儀政府應變不夠敏捷，以致一件查緝私菸引起衝突的小事，竟引發出一串暴亂。發洩不滿顯然是主因，鬧事的包括對政府失望而發動武裝起義者，也有被日本「皇民化」的既得利益者呼喊「獨立」並要求「聯合國託管」者，還有乘火打劫的地痞流氓，結果讓「民變」變成「叛變」，為隔海派兵來鎮壓找到藉口，釀下了半世紀多的族群隔閡和怨恨。

兩蔣的威權時代，諱言二二八已是嚴重失誤，現在應該趕快公布歷史檔案，諸如當年「二二八處理委員會」的紀錄，及政府高層間的來往電報，把細節攤在陽光下。獨派把事件渲染成建國圖騰，還原歷史就可以讓人民了解，任何政府碰到分裂國土的威脅，鮮有不採取鎮壓手段的。當然，擴大打擊面是錯誤，避重就輕也是過失（譬如處決陳儀以平民憤，但罪名是「通匪」而非「二二八」失職，即是一例），都應釐清責任。歷史資料也能顯示，當年美日對「台獨」和「託管」曾廣加報導，收了推波助浪之效，他們早就是「台獨」的幕後助手了。

外省人也是受害者

一般台灣民眾常以為「二二八」是外省人欺壓台灣人，其實事後發生的七八天內，公務員和外省人才是唯一的受害族群。據我個人所知，藝術家洛華生一家曾被台灣鄰居藏在榻榻米下的空間，孩童的她不耐窩居，被裝扮一番而走出地面和孩子們玩尪仔標。她親眼目睹兩個外省人被頭綁白巾足登高木屐的壯漢（後來知道這叫「浪人」，即流氓）打昏並踹進水溝裡，再饗以木棍，務必置之死地。當時外省人多獨身來台，死後無人聞問，姓名也未必知曉。

環保人士齊淑英的父親齊國基，其時隻身來台工作。他傍晚上街碰到一群人攔路喝問，因不會台語而不敢回嘴，立即被拳打腳踢，直打到人掉入水溝才作罷。他後來掙扎出水溝，雖撿回一條命，卻嚇得十幾年都不敢提起這段往事。

二十一師來台後，對台灣人展開血腥鎮壓，我也有一點經驗。當時我住永康街，有位鄰居在街上撿煤渣，碰到一對荷槍實彈的兵士。阿兵哥問他幹什麼，他聽不懂，只能回以台語。對方也聽不懂，竟用槍托打了他一頓。

一旦起衝突，都是有理說不清。

當然，相比之下外省死傷者應屬少數，但也應該還其公道。

究竟死了多少人？

最該弄清楚的是死難人士的姓名和數目。

八〇年代中期，我經過日本曾見到「台獨教父」之一的史明，承他好意送了我一本他的著作《台灣人四百年史》。我回家趕緊拜讀，記得有關「二二八」的章節提到死亡人數，竟有「十幾萬人」之多，著實嚇了一跳。我相當存疑。

隨著歲月流逝，研究這段歷史者漸多，死亡人數呈現遞減趨勢，譬如五萬多人、兩萬八千到一萬八千，仍然籠統兼有臆測之嫌。

二十世紀末，國民黨政府給「二二八」平反、賠償並刻碑紀念，人數八百餘。

根據事件當年五月二十七日的《新生報》公布，「二二八」以來遭暴徒加害的，包括死亡和失蹤的，公務員有七十二名，軍警一百三十名，民眾兩百六十八名，合計四百七十人。這應視為官方的統計報告。

民進黨執政後成立的「二二八基金會」，應是最新且最有權威的研究機構了，關於受難人士的統計，計有六百七十三人。這是迄今最接近當年報章報導的數字，可惜基金會迄未公布這項研究成果。

中研院研究員朱浤源教授的團隊長年研究這段歷史，經過認真比對，發現基金會的數目字有「灌水」之嫌，理由很簡單：澎湖在事件前後一直風平浪靜，但基金會卻給它加了至少三位死難者姓名。花費納稅人數年公帑的基金會，是否因為心虛而不敢端出報告？希望大家提高警覺，別讓基金會的「碎紙機」把多年研究毀掉才好。

馬英九多年來持續不斷地參與「二二八」紀念活動，並和許多受難家屬交了朋友。希望再接再厲，能成立特別委員會，在第一任期內整理出客觀、公正的結果，期能一次終結長年撕裂族群的「二二八悲情」！

——二〇〇八年五月《僑協雜誌》

公文橫寫的聯想

行政院公布，公文一律自左向右書寫，年底前為宣導期，次年開始全國就有統一的公文格式了。

真是德政一樁。額手稱慶之餘，我也頗多感觸。

猶記得我考進北一女初中部不久，江學珠校長和老師們曾在每週例行的週會裡宣導，國文一定要直書，且由右向左寫起。據說這是國家政策，更富有科學根據。

有位老師以搖頭和點頭的姿勢來強調左右書寫的優劣。

「你們看，國文由上向下直行書寫，讀起來就是順利、很好的表示。」

她做出頻頻點頭，十分讚賞的神態。

「左右橫寫就不行了，表示否定、錯誤，也是橫行霸道的意思。」

她使勁搖頭，一副否決到底的姿勢。

許多同學報以笑聲，欣然接受她的教導。

我很不以為然。回到班上後，一有機會就唱反調，表示上下直行書寫「很不科學」。我說，用右手寫字的人佔人口絕大多數，從右到左根本是逆向操作，墨水容易沾到手肘，不整潔也不衛生。我又說，科學著作常附英文，寫的時候要調整紙張方位，閱讀時也要歪過頭來，實在多有不便。

同感者大有人在，但都不吭聲。北一女的學生多是乖乖牌，我也不以為意。

第二年全校舉辦辯論比賽，題目是簡體字和繁體（應稱正體）字孰是孰非。

我從小就感覺中國正楷字太繁瑣了，難學也難寫，古體字尤其沒有必要，能夠簡化是最好不過。那時陳喆（後來用筆名瓊瑤寫作）到我們班上來了，我以她的名為例，強調該用「陳哲」而非「陳喆」，免得害人寫不出來。陳父是中國史學權威，母親也飽讀詩書，她本人從小浸淫古文詩詞，自是極力護古，反對簡化。

辯論結果，同學投票由我出線代表。不料全校比賽時，為簡化字辯護的全部敗北。

事後才聽說，報紙早有報導，中共一建國就宣布由左向右的橫排書寫，而此時正開始提倡簡體字。那是高唱「反共抗俄」的年代，蔣經國和毛澤東的共同名言是：「敵人反對的我們就要擁護，敵人擁護的我們就要反對。」既然中共提倡由左向右書寫及簡體字，台灣當然要反對到底。這種情況下，豈可讓學子與之「隔海唱和」而造成「附匪」的現象呢？我這才伸伸舌頭，噤聲不語了。「附匪」的下場不是坐牢就是槍斃，豈可兒戲？

如今行政院公布「文書由左向右」，理由是方便「與國際接軌」。一個語文書寫方式，難易和優劣可說一目瞭然，竟要用將近半個世紀的時間才能裁定，意識型態對台灣的控制和危害，由此可見一斑。

由這個又讓我想到爭論兩三年的拼音問題。我小時學過ㄅㄆㄇㄈ注音符號，後來用了兩小時就搞定了中共的漢語拼音。原來它是在注音符號的基礎上創立的，極富相融性。新加坡最早採用漢語拼音，後來馬來西亞、歐洲國家也跟進。美國抗拒最久，大約十年前也從善如流了。如今，世界上使用到漢語書寫的國家，只有台灣還為拼音方式爭論不休，甚至當掉一位教育部長。

游錫堃院長強調「與國際接軌」，太英明了！小小台灣島要在地球上佔一席地位，需要廣交天下豪傑，方便國際友人來台洽公和旅遊。如果他們一下飛機，看到耳熟能詳的漢語拼音，立即明瞭地名、街名、人名等等，而不必從頭學起「通用拼音」之類的新拼音法，一定首先感佩台灣政府的明理和務實。若能個個賓至如歸，我們就不必忙著「走出去」了。

視中共如仇寇者，也許害怕使用漢語拼音會等於認同中共，意即在語文上被「統一」過去了。

這是過慮，也小看了自己。漢語是我們一向使用的文字，漢語拼音是在我們的注音符號上改進的，我們用之無愧。我們還可以進一步對它加以增補修善，用來為台語、客家語和其它原住民語言注音，這樣可以方便十三億大陸人和海外華人學習台語、客語和眾多原住民語言，多好！科學無國界，最忌故步自封。

我們和中共比賽的是制度的優劣、人民生活的民主和自由，心思大可不必浪費在這種枝節問題上。

如今講究「政治正確」，許多贊成採用漢語拼音的人都怕被打成「中共同路人」或「統派」，不敢公開表達意見。看到游院長有關文書橫寫的務實作風，我感佩之至，也順便請他考慮拼音問題，相信歷史會肯定他的決策。

——二〇〇三年九月二十七日　《中國時報》

語文水平直直落

台灣競爭力滑坡

一位年過古來稀的朋友最近返台小住，和大兒子一家享受天倫之樂。暌違家鄉七載，他對老家高樓大廈拔地而起相當讚賞，唯獨對國語文水平的倒退頗多微辭。聽到政府領導人用錯成語，教育部長題的匾額也出現錯字，再對照台灣兩個孫子的書寫能力，他不禁嘆息「一代不如一代」。

「我兒子也算重視家教了，要孩子給爺爺寫信，從小學時代就一個月一封，童言童語看得我老懷大開。沒想到前兩年上中學就不幹了，現在和他弟弟都打電腦發『伊媚兒』。那也沒關係，糟的是信越寫越簡單，錯別字不說，還夾雜注音符號和英文字母，簡直沒有一句完整的中文！」

「那是時下流行的『火星文』，」我告訴他，「政府考試還出這種題目呢！」

搖頭嘆息之餘，他對全民瘋英語也有意見。

「你知道嗎？我一個姪孫子才念幼稚園，竟然天天上英語課，幼稚園還請了美國老師來教，真奢侈呀！台灣人都準備要移民美國不成？」

「不是，」我趕緊解釋，「政府提倡台灣走向國際，還宣稱英語將是台灣的『國語』之一。」

「要這麼多『國語』幹嘛？我去醫院看病，搭電梯時開門和關門都要聽國語、台語和客家話唱一遍，夠煩的了，將來還要加上英語，耳朵怎麼吃得消？」

他認為這是變相歧視中文，目光短視，非台灣人民之福。我不願意用「去中國化」一詞概括，不料老兄竟脫口而出：「搞文化台獨嘛！」

美國急起直追，台灣焉能落後

老友在美國和小兒子住，據說兩個孫子在家裡講普通話，在學校選中文課，週末還參加華人家長舉辦的中文學校，成績優秀，領了幾次獎。

中國號召和平崛起後，全球興起中文熱，據台灣的官方估計，目前有三千萬人在學習中文。以美國為例，漢語熱越燒越旺，政府一年就編了五年十三億美金的漢語學習預算；這史無前例的大手筆，頗有急起直追之勢，已有州立中學開了漢語課程，今後效尤者更多；無可諱言，漢語熱已超過日語和西班牙語了。

「老美都在念了，我們老中怎能落後於人呢？大學畢業到中國工作現在變成一個熱門選擇了，可見中文水平攸關孩子的出路，有腦筋的家長哪敢馬虎？」

說的也是。這幾年中國推動「漢語水平考試」，已造成全球三十六個國家，共八十六座城市應試，考生超過五十萬人了，極具指標性。在中國大量派出語文教師赴全球各地之際，台灣如何因應已呈燃眉之急。

在中國閉關自守的三十年中，台灣曾是全世界漢語學習中心，其時師範大學的國語中心堪稱龍頭重鎮。等中國進行改革開放，留學生才逐轉到中國大陸；台灣堅持正體字教學也是令人卻步的原因之一。好在強大商機凝聚的中國熱，固為中國大陸吸引了大批留學生，同時也嘉惠了台灣。富有五十年教學經驗的師大國語中心，現在每年可以招到六千名外國留學生。其它像文化大學，則有一千六百名學生，而嚴格把關的台灣大學國際語文研究所，也從以往年收百人而擴充到年收四百人的紀錄。如果考慮到來台學中文是讀正體字，這些數字就更具指標意義了。

語文攸關國力展現

語文輸出是展現國力、宣揚文化的大好機會。我們以保存和發揚傳統文化自居，現在各國學生紛紛來台學習中文，千載難逢，豈可錯失良機？

令人遺憾的是，台灣輸出的中文教師竟逐日減少，顯示政府忽視國際商機，也缺乏國民外交的遠見。如今教育部每年僅計劃送出不到二十位的國語文教師，與中國大陸相比，連鳳毛麟角都說不上。此外，大陸有官方的認證，台灣又如何證明這些教師的學養和教學能力呢？

四十年前，筆者在美國念書，和三個美國學生同住，她們都是大學畢業就立即獲得政府獎學金，念英語教學（Teaching English as a Second Language）的碩士學位，以獲取移民學生的教師資格。現在美國正興起漢語教學（Teaching Chinese as a Second/Foreign Language），旨在培育自己的漢語教學人材。兩岸華人教師千萬莫存「捨我其誰」的自大、自滿心態，眼看市場是一片華洋競爭的局面，還是認真對待為宜。

台灣不失有心人士，為了搶搭中文教育的列車，一些大專院校陸續推出「華語中心」。報上得知，教育部有意在年內推出國家級的「華語文檢定測驗」，作為外籍人士來台工作和僑生升學的依據。這表示政府認識到語文水準的把關問題了，然而檢測的服務對象仍然落後於形勢。面對全球的中文熱，教育部應把提升語文水平、培訓人材並掌握國際教學機會，視為首當其衝的任務才是。

筆者以為，當務之急是正視台灣學生國語文水平直直落的現象，從根本解決問題，否則目前的熱鬧怕有曇花一現之虞。掌握了正體字，認識簡體字乃舉手之勞，台灣人一旦兩樣俱精，競爭優勢不言而喻矣。反過來說，若是我們的社會菁英和學生都說不好、寫不好漢語，怎麼說服外國留學生呢？不認識簡體字，我們的年輕人將來如何在職場上和大陸人競爭呢？

筆者是「一九九五閏八月」返台定居，次年就開始台灣的「十年教改」。不知多少人一再警告政府，李遠哲提倡的美式「教授治校」在台灣是「橘過淮則枳」，而建構式數學也經家長一再抗議行不通，結果十年下來，只有「滿目瘡痍」四字差可形容。其中語文能力的下降更是有目共睹。

眾所周知，在「本土化」和「國際化」唱和下，英語和鄉土語言教學嚴重地排擠了國語文的學習。在國語文水平嚴重滑坡時，教育部不思補救，竟還壓縮高中國文的授課時數。如此罔顧國人的前途和國家競爭力，主政者的思考邏輯著實匪夷所思，難怪余光中等文化人士忍不住要上街抗議了。

語文是立國準繩，千萬不可動搖國本。

——二〇〇六年七月《僑協雜誌》

漢字簡化是順應世界潮流

三月中旬，澳門召開第六屆世界華文作家協會大會。會上論及中華文化前景，有作家提出簡體字回歸繁體的呼籲。避免涉及政治敏感，大會秘書長及時喊停，但私下的討論仍很熱烈。一位大陸學者與部分作家唱和，也主張恢復繁體字，給我留下深刻印象。

會後返回台灣，幾次接到網路傳書，要求連署反對「聯合國於二〇〇八年停用繁體字的決定」，據稱是某大陸學者在一項學術會議上透露的。又是大陸學者！我不禁疑惑，這是獨鍾繁體字的大陸人有意操作，以求「裡應外合」之效嗎？

幸好很快就證實，這是網路誤傳（或者揑造），與聯合國風馬牛不相干。然而它引發的繁簡議論卻在台灣延燒開來，由網路擴展到平面媒體，並觸及台灣的現實面，也算意外的收穫了。

作為中華文化的衷心擁戴者，我理解一些同胞保持傳統字體的心態，但我並不贊成中國再由簡體字改回繁體字（或稱正體字）。由繁到簡是文字的改革和提升，相反則是倒退，不足取也。

文字改進，古已有之，也一直沒有停頓過。現在的簡體字也非中共的創意，許多字是呼應民間的需求，像「亂」改為「乱」、「萬」變成「万」便是約定俗成。漢字以形聲字為主，象形的如金木水土火山田……等，簡體字都保留下來，加上部分更改的邊旁並不難意會。另外，簡化的方法也有跡象可循，多未脫離漢字造字的原則。以字數比例看，簡體改的字不算多（不過兩千兩百三十八字而已），有心學習的話很快可以掌握。我六〇年代投奔大陸，花了兩個星期便進入情況。有位朋友九〇年代去大陸經商，每天閱讀報紙並不恥下問，半個月也駕輕就熟了。

文字主要是記載語言和溝通訊息的工具，易學好用最重要。半個世紀前就有人作了文字普及教育的研究，小孩子若學習同樣多的詞語，學英語用五年，學漢語要用六年，平白多出一年之久。中國文盲多，文字簡化是當務之急，但過程也有轉折，都是照顧專家學者及民意反映。文革後期曾推翻一批過份簡化的字，即是一例。原本要循簡體後再拼音的方式，對漢語作徹底的改造，但後來不急於推動拼音，相信也和保存文字的藝術和文化性有關。

天下沒有至善至美的事物，簡體字也有美中不足處。有人以為書法和對聯，仍以繁體為美。其實簡體字仍是舉世無雙的方塊字，方塊字就是藝術，習慣會成自然。其實簡體和草書又有多大差別？總不能為了欣賞繁體字書法，強要十四億華人，還要包括全球需要學中文的其他族群，多費力氣學漢語吧？

我認為的缺點是，某些字過度簡化，最好重作調整。譬如嚴肅的「肅」改為「肃」，很好，但是姓蕭的別改為姓「肖」，意思差太多了，用「萧」就好。「圣人」就過度簡化，失去了內涵，還是「聖人」為佳。著如此類，我建議中國政府博采眾議，相信海內外當皆大歡喜。

如今全球興起漢語熱，中國配合文化和語文的宣揚，正在全球興建總數一百座的孔子學院（到二〇一〇年已有四百座）。反對者紛紛為孔子抱不平。

「孔子看到簡體字會氣得從墓地坐起來抗議！」

「孔子再生會看不懂現代論語！」

這就太不理解孔聖人了。民族要生存、國家要發展，孔子絕非食古不化者，老人家再生又豈能當民族罪人？他不但學簡體字，也要打電腦、傳伊媚兒、搭捷運

（地鐵）呢！

還有人認為，日本韓國都還保留漢字，我們豈可自廢武功？這一點我以為少用放大鏡為妙。文字簡化和拼音化是世界潮流，日韓，還有越南，都嫌漢字難學難寫，早已改了文字。不錯，日韓仍保留漢字作為輔助，也視為歷史的一部分，但兩國可都沒有一點「復古」之意。難道他們不懂藝術？也不重視文化？我們大可不必為了別人的一丁點方便，而讓十四億人故步自封。更何況，如今是電子化時代，電腦轉換繁簡真正是「易如反掌」，沒聽到日韓人叫苦，我們就不必杞人憂天了。

網路連署在幾天內就集結了四萬五千人呼應，相比之下台灣回應的還不滿百。有人拿來作文章，認為台灣反應冷漠、保存傳統文化不力云云。

反應遲鈍是有原因的。台灣的執政黨推動「去中國化」，在語文方面單獨發展「台灣語文」；漢語則聽任注音符號、英文字母夾雜其中，還用考試來鼓勵「火星文」，並聽任日語如「達人」取代「高手」、「油切」代替「去油」……很快就會造出自成一格的「台灣漢語」，不必在乎繁簡之爭了。

「逢共必反」的台灣政府，半個世紀前也曾反對簡體字，還是利用行政力量透過機關單位進行的。記得我念初中時，學校發起演講比賽，題目是繁簡字體的討論。我代表班上參加，主張同學喜愛的簡體字，結果落選。我還主張文字橫向書寫，自認合乎科學，也被教師批了一通。都因我家貧沒有訂報和讀報，不知其時「共匪」正在推動簡體和橫寫，只是坦率說出青年人的感受而已。幸虧師長明理，否則一頂「隔海與匪唱和」的帽子就足夠讓我蹲半輩子牢。

台灣是弊案多到理還亂，大陸正忙著要「和平崛起」，真正愛護中華文化的朋友，最好順應世界潮流，在文化內容用功，而不是費力氣去改回那兩千多個漢字。在中國，大學中文系開繁體字班，有興趣者都可以修習；市面上的店招出現很多繁體字，相當多元化，大陸學者其實不必逆勢操作，有智慧的中國人會擺平一切的。

面對媒體的詢問，提倡九十度顛倒地圖好讓台灣「位居大陸之上」的教育部長杜正勝，明確表示不會在台灣的學校教簡體字。有趣的是，同一日新竹市長卻在市務會議上裁示，竹市國中要開簡體字課。

「我不希望新竹的孩子將來競爭力比別人差。」

他強調這和「統獨」無關，而是體認到中國是國際「四大金磚」之一，歐美都在使用簡體字，台灣人怎可不「面對現實」？

誠然。已有個別大學悄悄開展簡體識字比賽，台北的簡體字書籍專賣店也掛牌上市了……這都說明識實務的俊傑越來越多了。

我不反對台灣繼續學習和使用繁體字，書寫典雅的對聯和毛筆字，一身肩負保存中華傳統文化的重責大任。我們只需認識到，漢字簡化是大勢所趨，不作適當的因應會導致年輕人競爭力落後於國際水平。換言之，我不希望看到台灣被邊緣化。天佑台灣。

——二〇〇六年五月　《僑協雜誌》

學好國語，吃遍天下

近年來台灣的語文教育出現重大改變，勢將影響年輕一代，有識之士莫不大聲疾呼，關切溢於言表。

首先是母語教學雷厲風行，不少人擔心它會削弱甚至取代國語（即普通話或漢語），因而憂心忡忡。這一點筆者倒是相當樂觀。務實善變是海島人民的本性，我相信人們終會審時度勢，知道國語是世界兩大或三大語言之一，更是下一代台灣人的謀生飯碗，豈敢輕言廢棄？

中國因為改革開放，創造了大量商機，成為萬商逐鹿的市場，連帶著漢語也躍為東西方的熱門外語。韓國目前赴中國學漢語的超過三萬五千人；日本有三分之一的年輕人選修這門外語。在美國，它已取代了日語，成為僅次於西班牙語的第二外語，一些中學還列為必修課。在加拿大，它是國定的英、法語之後的第三種語言，重要性不言而喻。我們有幾十萬台商在大陸，又時時刻刻想在國際上嗆聲，豈可自廢武功、自外於世界潮流呢？

除了母語教學，政府也推動全民學英語，亦即「本土化」、「國際化」並重。這方面，新加坡已有二十五年經驗和教訓，很值得我們參考。

新加坡建國時，華人佔人口七成，其它是馬來人和印度人。當時的總理李光耀為了族群和諧，在一九八〇年開始推行「英語加母語」的雙語政策，並以英語為官方語言。考慮到新國是外貿導向的小國，為了融入中國和台灣為主的世界華人語言圈，他說服同胞放棄閩粵等方言，改以漢語為共同母語。這種「脫方入華」的政策，公認是有魄力、有遠見的政策。

一九八五年，我在新加坡碰到《聯合早報》一位主筆，他對新國的華文報業前景很不樂觀。談到定英語為官方語言，他認為會造成「脫華入英」的後果，也即華文前途岌岌可危。

「十五年後，你再來新加坡，很可能沒有華文報紙可看了！」

報館主筆的憂慮說對了一半。英語為官方語言的結果，是華文淪為弱勢語文，不受學子重視，也提不起興趣學習，形成惡性循環。現在《聯合早報》還在，但是年輕讀者大量流失；家庭裡使用華語也從八〇年代的七成降到五成，並持續下降中。

「信不信由你，」報館朋友說起來搖頭嘆氣了，「年輕人要去北京留學，得先補習中文！」

始作俑者李光耀並非毫無警覺，九〇年代曾號召國民加強華文學習，否則會「淪落到喪失自身文化特性的民族」。誠然，失去本民族文化特色、只會跟著歐美鸚鵡學舌者，如何立足於世界民族之林呢？

接著他提倡儒家文化，並爭取到世界儒學會議在新加坡召開，讓幾百萬人口的國家和源遠流長的孔孟思想掛了鈎。當時，新加坡弘揚中華文化的表現，在華人世界裡備受稱道。如今中國陸續在全球重要城市創辦「孔子學院」以推廣漢語，目標是一百座，除了因應全球的漢語熱，相信文化傳揚也密不可分。

本世紀初，新國領導人訪問上海某工廠，發現一名義大利女子操著流利漢語在指揮中國工人，交談之後，相當震撼。這女子的企管專業，在義大利並非頂尖，但她勤學漢語，竟憑著語言優點而獲得高職高薪，羨煞了同儕。

「為了新加坡華人的未來出路，怎麼也得學好華語！」

這位領導人當機立斷，回國即籌劃華語補強策略，並火速公布實施。

台灣的條件比新加坡好很多，國語早已經是四大族群的通用語。過去壓抑母語是錯的，但也不宜在發揚母語的同時，刻意貶抑國語的學習。我們知道，國語是全球十三億華人的共同語言，台灣人要依賴它去爭取這個大市場，千萬閃失不得。如果我們失去十三億人口的市場，我們也同時失去外商來台投資的誘因，那台灣靠什麼生存和發展呢？

台灣是海島國家，貿易和經濟是生存和展現國力之道。過去，全民的英語程度不高，我們已能創造「經濟奇蹟」。今後，我們若掌握了英語和國語，將如虎添翼，全球走透透。華僑遍布世界各地，哪個角落有華人，就有我們的商機，不怕找不到飯碗。真的，以台灣人民的普遍高學歷，在華語圈內多的是創新和領先潮流的機會。一言以蔽之，精通國語將是年輕人事業成功的奠基石。

語文包含文字和文化，相互為用，道理再淺顯不過。我們千萬不要像新加坡那樣，等推行「英加華」語的政策二十五年了，才驚覺到喪失文化特色會淪為次等民族的危機，到時要補救就事倍功半了。必須嚴肅地指出，教育部頒布的高中國文課程綱要，降低了文言文比例並減少每週授課時數，是非常短視的政策。由於網路和火星文的衝擊，年輕人的國文能力如今已大不如前，只有加緊學習才能趕上並領先十三億人口，千萬不可掉以輕心。

「新鑑」不遠，但願政府能汲取他國的經驗教訓，而年輕朋友更懂得擦亮自己的眼睛，努力學習國語為要。

——二〇〇四年十二月二十九日 《青年日報》

鄰里要多管閒事

我居住花市附近的公寓時，經常聽到鄰近樓層傳來男女吵鬧和拍桌敲門的聲響，不時夾雜「打人」或「救命」的女聲呼叫，聽來淒厲無比，聞之令人坐立不安。剛開始還跑出去查看，才知是夫妻吵架。鄰居表示愛莫能助，因為夫妻吵架是「床頭吵床尾和」，不宜多管閒事。有一回吵得乒乓作響，女的大喊救命，聽來驚心動魄，我決定打電話報警。這時一位鄰居表示，已經撥出電話了。我感激得連連向她點頭哈腰。

從小被大人訓示「自掃各人門前雪，莫管他人瓦上霜」，總覺得和「見義勇為」的教導格格不入。設若大家都彼此自保，相互冷漠，人間豈不少了很多溫暖？豈僅溫暖，有時是人命關天。

美國最重視個人自由和隱私權，都市裡彼此井水不犯河水，可以住幾年公寓而不知左鄰右舍的姓氏。許多老人喜歡獨居，常和兒女相距十萬八千里，有時猝逝屋裡，外人都不知道。幸虧有些好管閒事的鄰居，稍稍和緩些自私和冷漠。我曾住過一棟公寓，其中有位獨居的八旬老婦，某日門口的報紙和牛奶半天沒拿進去，對門的主婦偶然心動去敲門，不應後打電話報警，破門進去才發現老人家前晚摔倒地上，已然饑寒交迫到昏迷狀態。如果不是鄰居多事，一條老命便嗚呼哀哉矣。

台灣以躋身現代化自豪，表現的是公寓林立，街坊不相往來，以致出現許多人倫悲劇。最近就有個四歲男童，父母離婚後隨父居住，常受暴躁的父親淩虐，小小年紀被逼得蹺家、偷竊，更招來大人毆打，惡性循環下形成遍體鱗傷，慘不忍睹。要不是偷竊被警察逮到，社工人員得以介入改善，這孩子的前途豈堪想像！

我曾見過一位原住民婦人，丈夫酗酒賭博，喝醉、沒錢就毆打老婆，五年裡為骨折就住院四次；鄰里不願多管閒事，訴請離婚時也沒人肯出面作證，她就日日沉淪苦海中。

我們不宜隨便窺探他人隱私，但是鄰里間的守望相助很有必要，只要是善意的關懷，應該是多多益善才對。

台灣帝雉

承《源》雜誌介紹，參觀宜蘭綠色博覽會後，順道拜訪碧涵軒帝雉生態館。館主龍鷹先生將國內及世界公認瀕臨絕種的禽鳥復育成功，如台灣帝雉、紅腹角雉、藍耳雉、灰孔雀雉……，繽紛眩目，美不勝收。

雉鳥就是古人說的鳳凰。鳥園展覽了一支越南的冠青鸞羽毛，長一米七，色彩和圖案之爽心悅目，讓人想像此鳥之雍容華貴，當無愧帝后之譽。

在蘇澳長大的龍鷹，小時候看到鳥店陳列的一隻金雞（紅腹頸雉），從此一見鍾情，種下一生養雉的志業。

台灣帝雉比金雞更美，它生長在海拔兩千八百米以上的高山，長長的尾巴有如絲綢長裙，一身紫藍羽毛金光閃閃，並散發出一種特殊香氣，氣質莊重又高貴。目前野生的極少見，我們的千元大鈔以它作圖案，然而尾羽沒畫準確，可見我們對它還不夠熟悉。

二十年前，龍鷹看到一隻骨折又斷羽的台灣雌帝雉，立即買來搶救。他以救人的心態及母親救護病雞的方法，利用燈泡保溫，餵食抗生素外更學著給牠掛點滴。三年後，他又救了一隻雄帝雉，兩相成親後，年年育兒不輟，創下在低海拔地區養育帝雉的紀錄。

另有原生長於海拔六千米喜瑪拉雅山脈的棕尾虹雉，全身七彩羽毛，人見人愛。它和台灣帝雉存世的數量堪稱「鳳毛麟角」，為碧涵軒的兩大鎮寶。

龍鷹幸有賢慧的妻子挑起家計，自己才能全心「玩鳥」，如今已玩出國際名聲。許多國家紛紛以自己的稀有種來交換帝雉，譬如菲律賓的巴旺孔雀雉、馬來西亞的白尾大背鷴及婆羅洲的黃尾大背鷴。中國也曾向他透露，願意以一對四川熊貓交換兩對台灣帝雉和台灣獼猴。無奈兩岸關係膠著，連帶著鳥類也不得「三通」。

龍鷹視鳥如子，導覽時好像在訴說家庭成員，充滿感性，也十分幽默。

「鳥性頗像人性，也有男女平等或重男輕女現象。」

據說日本雄綠雉生性兇悍，常把雌雉咬得皮開肉綻，但若把母鳥分籠保護，她會氣息奄奄，送回雄鳥身旁才恢復過來，也不計前嫌，頗似傳統日本女性。

記得魯迅說過，雌雄平等的動物比較溫和，男亢女卑的動物較富侵略性，但願這種特性別反映在人性上才好。

第三輯

海天遊蹤

情牽廈門

我頭一回到廈門就有似曾相識、如回老家的親切感。

上世紀八〇年代中旬，中國剛啟動改革開放，我自動要求參訪廈門。那時的廈門鮮有高樓大廈，街道狹窄，老舊的民房和紅花綠樹看來眼熟，讓我想起台灣六〇年代的市鎮。走過電線桿，上面貼著墨汁未乾的通知。一看是招呼居民到某某地點看電影，我恍惚回到文革時期的南京市，街道人家拿個小凳子到學校操場看「老三戰」電影的光景。

廈門的文友說：「這都因為和金門處於戰爭狀態，政府不敢放手建設的緣故。」

他們很有信心：「我們很快會趕上北京、上海！」

九〇年代再來廈門，果然添了新裝，顯得朝氣蓬勃。可貴的是，它不像一些新興城市濫伐樹木，蓋了一座座水泥叢林，而是細心規劃，處處整潔乾淨，綠意盎然。不少台商跨海而來，其中有慈濟功德會的會員，我因而隨慈濟人士過來探親觀光，跟著融入日常生活。正值夏日炎炎，但沒有台北悶熱，夜晚更涼風習習，十分好眠。上街只覺熱鬧卻不擁擠，走幾步就能親近大海，令人心曠神怡。大家公認，廈門是最適合居住的地方。

因為喜歡廈門，我介紹朋友來此養老；他為此設籍金門，搭「小三通」之便，隨時乘船往還閩台兩地。他回台北最愛描述廈門的食物如何價廉物美，令人垂涎三尺。

跨入新世紀了，我終於想方設法弄到了一張期限一年的「小三通」證。於是飛機轉輪船，我一年跑了三四趟，以廈門為出發點，上海、北京、烏魯木齊……，玩得不亦樂乎。無奈「小三通」證件代價高，可一不可再。儘管繞道香港或澳門較費時費錢，我還是每年找機會來廈門。眼看這城市的建設以日新月異的速度邁進，高樓一座座拔地而起，大橋如彩虹橫跨海洋，公路四通八達，而所到之處綠化隨之，熔現代與生態、美觀於一爐，我除了讚嘆還是讚嘆。

今年，我們專欄作家協會搭「湄州進香團」之便，跟著跨海而來，由此直飛武夷山，以後轉赴福州、永定等地，個個玩得眉開眼笑。人人都對廈門的市容豎起大拇指，讚賞跨海大橋和海濱公路的宏偉氣派。國慶前夕，鼓浪嶼燈火輝煌，宛如一盆亮光閃爍的鑽石，令人驚豔不已。

世上多的是現代化城市，有文化內涵方能出類拔萃，而文化正是廈門的特長之一。這裏是僑鄉，在愛國華僑陳嘉庚帶動下，教育蓬勃發展，廈門大學尤其人才濟濟。鼓浪嶼是聞名全國的音樂島，鋼琴家殷承宗和詩人舒婷已家喻戶曉。名勝古蹟也不缺，南普陀寺、鄭成功塑像、日光岩……，都令人流連忘返。城市太大，如上海、東京和紐約等，往往讓人頭昏目眩，甚至有被淹沒之虞；中等如廈門卻令人悠游自在，遊刃有餘，真正造福人群。

可能語言和風俗習慣相同，我在廈門交到許多好朋友，後者吸引我一來再來。廈門人溫文爾雅，富有書卷氣，舒婷就是一位。第一次來廈門就拜訪鼓浪嶼，那時她兒子剛出生，一眨眼孩子要大學畢業了，正好印證我和廈門結緣之久。我曾在美國接待過她，台灣文友來鼓浪嶼必登門拜訪，她給大家留下美好印象。

廈門多的是才高八斗、胸襟恢宏的學者，廖泉文教授即是一位。十年前一見如故，以後來廈門沒有一次不打擾她的。她是人力學權威，目前指導四十多位博士生，堪稱桃李滿天下。最令人欽佩的是她真誠待人，樂於幫助朋友，甚至惠及朋友之友。我有一位同鄉在廈門購屋，一再麻煩她，還給她帶來不少傷害，令我愧疚不已。泉文不與小人計較，見面還是談笑風生，絲毫沒怪罪於我。她也不會一棍子打死台灣人，還樂於收台灣學生做研究，高足遍布台灣南北，心胸之寬厚是我迄今僅見的一位。

有位專欄作家聽說我去過四次武夷山、來廈門不計其數，不勝羨慕地表示：

「你和廈門真有緣！」

誠然，能和廈門結緣實在三生有幸。

後發先至：海南島的啟示

四月，舉世矚目的亞洲論壇又在海南島的博鰲召開了。前不久，筆者有幸參與海口市的「海峽兩岸暨港澳地區藝術論壇」，會後參觀了博鰲，頗有感觸。

博鰲位於東嶼島，天然景觀美不勝收。亞洲論壇的會址，正對著環抱如盤的玉帶灘海灣，地理風水絕佳。玉帶灘由天然細沙蜿蜒鋪成，沙之精細以及沙灘長度均全球少見，已列入金氏紀錄。灣內的海水碧如翠玉，灣外則藍如寶石，映著晴空如洗，遊客或赤足踩玩沙粉，或乘船浮於海，個個笑逐顏開。

會址的建築群，包括色彩和造型顯得樸素大方。據說會館的總統套房一天要價四萬塊人民幣，誠令人咋舌。我們一行人還有些意外，比之海南島眾多的國際性度假屋，論壇的會址建築簡樸到無特色可言。偌大一棟展覽館，呈現的是頭屆亞洲政要開會的照片，也很單調。假以時日，相信內容會逐漸充實，即便照片也能累積成最佳歷史見證。

事後想想，會址竟是越樸素越好。中國這幾年落人財大氣粗的口實，理應回歸本份，最忌諱外表的炫耀，以文明和誠懇來服人為佳。換言之，展現樸實和諧的王道，而非盛氣凌人的霸道。

海南島拜開發晚，得以保存不少天然環境，譬如原始海灘和原始林；正趕上生態保護的世界潮流，已成中國一顆鑽石級生態景點。三亞市附近的呀諾達熱帶雨林（呀諾達是黎族語「你好」之意）即為中國唯一北緯十八度的雨林，內有峽谷奇觀、流泉疊瀑、黎族風情、珍稀動植物……豐富極了。私人經營者頗具時尚眼光，為了商業不能不蓋水族館、演藝廳等配套建築，但能夠協調設計、服飾和服務方式，處處凸出「原始綠色生態」，讓遊客宛如置身原始林中，感受休閒、環保兼進修的氣氛，十分受用。

「改革開放」三十年的中國，「開發」幾成「破壞」的同義詞，環境污染的嚴重性已令全球側目。海南島誠然關注環保，但是開發仍勢如破竹：海口的高樓大廈櫛比鱗次，海濱的國際度假屋不斷興建中；小村三亞變成五十萬人口的度假城，還擁有機場即可見一斑。也和內地一樣，熱衷於興建「最高、最大、最……」的建築，三亞市的南山寺，即是中國五十年來新建的最大寺廟。它坐山面海，海邊塑有一百零八米高的三面觀音像，比紐約港口的自由女神像還高。寺廟佔地四百畝，仿盛唐建築，殿堂不計其數，隨處可見佛像雕塑、書法石壁；園區遍栽菩提樹，花草亭台散落其間；還有隨叫隨停的遊覽車，呈高度企業化經營。整座寺廟叫「佛教文化園區」，宛如美國的迪士尼樂園，購票參觀不在話下。

筆者好奇的是，一窩蜂地建「最高、最大」，有否想到如何保持「最久」？海南島後發先至，至盼也能未雨綢繆才好。

——二〇〇九年五月　《明報月刊》

清明佳節祭黃陵

公元兩千年時，山東炎黃文化基金會在陝西黃帝陵栽種一株柏樹，象徵全球華人認祖歸宗的心意，找我提供台灣的泥土。我特地上阿里山頂鏟了一包土快遞送去，讓它融入長江、黃河的水，摻和歐亞非三洲的土壤，共同播下海內外華人新世紀的希望之樹。

五年後有幸參加了台灣專欄作家協會的古都之旅，趕上一年一度清明節的黃陵公祭。當年因故無法參與植柏盛會，這回總算得償祭陵的夙願了。

黃帝陵墓在陝北高原，介於西安和延安之間的銅川地區，六十年前改為黃陵縣。西安到黃陵修了高速公路，三小時即可到達。由於公祭者眾，主辦單位要求大家九點前到達，便於排列上香的隊伍。外地客和媒體人士約共兩百位，都投宿毗鄰的酒店，這天皆早起漱洗，五點即上車。兩部警車在前開道，五部遊覽車隨後魚貫而行，一路井然有序。

出城時曙光未露，郊野仍處沉睡中。除了肅然前進的車隊，以及重要關口有個別揮舞電棒的交通警察外，路上別無行人和其它車輛；如此認真嚴肅，讓我們團幾位出身軍旅的老作家，紛紛憶起銜枚疾走的夜行軍經驗。

不久晨曦乍現，黃土高原的景致讓我們大開了眼界。

第一次領略陝北風光，但見黃土丘陵下窯洞處處，卻多在洞旁築有磚土房子，顯然是生活改善了，人們樂得告別穴居日子。最壯觀的是一圈圈的梯田，種了油菜和小麥，正值春暖花開季節，黃花和綠苗相間，為光禿的黃土脊樑圍上了錦繡掛毯。公路兩旁是嫩綠的垂柳，間雜著豔麗的紫金花和白鈴鐺也似的泡桐花，偶爾飛鳥穿越樹枝間，更添生機盎然的景象。映襯著黃土地，這些美麗色彩形成的反差，讓人強烈感受到春天來臨的喜悅。

我們看慣了台灣一年四季綠油油的景緻，業已麻木的神經此時甦醒過來了，不禁慨嘆：原來春天表示大地復甦、草木欣欣向榮，多麼美好呀！

九點不到就抵達黃陵縣。縣城很小，各路來的車輛都直奔縣北的橋山。

《史記》記載：「黃帝崩，葬橋山。」這山鬱鬱蔥蔥，歷代以來植了八萬多株柏樹，成為全球最大的柏樹林。山前沮河環繞，一望而知是風水寶地。上世紀九〇年代，中國開始大力整修黃帝陵。目前完成了第一期工程，主要是廟前區：從入口廣場步步高升，經過印池（引自沮河，又稱龍池）、軒轅橋、廟前廣場、龍尾道到達軒轅廟前；其間的華表和地面都砌以大理石，整體建築莊嚴氣派。一磚一瓦的鋪設均按古禮，譬如龍尾道共九十五級，象徵「九五之尊」。

這天祭拜人數上萬，在廟前廣場排列站立。港台及海外客人被安排在前幾排。我被分配到第五排，剛站好位置，忽然前排起了騷動，媒體蜂擁而上。

「是蔣家第三代，回來認祖歸宗了！」

原來是剛換姓的蔣孝嚴夫婦到達，記者爭著拍照訪問，混亂了一刻鐘。

陝西省副省長擔任祭典司儀，典禮簡單隆重。首先由中央和地方領導代表獻花籃，接著各地代表獻花籃，專欄作家團也獻了花籃。接著省長念祭文，然後是幾場重現炎黃文化的舞蹈表演，主要是農耕、絲織和狩獵生活的再現。

壓軸節目是舞龍。用彩紙一片片結紮起來的龍，身長十幾丈，由八位壯男以細繩操作，在廟前廣場抖弄起來，個個揮耍自如，卻又合作無間。彩龍的舞姿十分活潑，搖頭擺尾，前凸後拱，真應了「活龍活現」的說法。眾人正看得屏氣凝神，忽見它騰空而起，接著冉冉上升，七八分鐘後沒入雲中，觀眾都鼓掌叫好。

這天中午，黃陵縣長宴請港台來賓，有幸和他同桌。聽到我讚揚彩龍的精美絕倫，縣長透露：「光是製作那條龍，巧思加上創意，就花了五萬人民幣。」

祭典儀式結束後，我們徒步上橋山，親謁黃帝陵墓。一路古柏夾道，樹幹呈斜紋狀，樹枝狀若龍首、鳳尾或翹翅，堪稱千姿百態，美不勝收。最引人注目的，是傳說黃帝親植、樹齡五千年的古柏。它高二十三米，樹圍超過十米，七人合抱還有餘，乃世界最老的柏樹，仍蒼翠挺拔，令人讚嘆不已。

路上還有明嘉靖年間立的石碑「漢武仙台」，傳說漢武帝曾統兵到橋山祭陵，並令將士在此築台祈仙保佑。

陵墓是高三米六、周長四十八米的土塚，長滿青草。塚前有祭亭，我們輪番拈香祭拜。墓和亭之間有碑「橋山龍馭」，新漆的墨字蒼勁有力，也重現了嘉靖年間的名家書法。

大陸有六七個地方都說黃帝葬在他們那裡，但自漢武帝上橋山祭陵，以後的帝王便接踵而至，如唐明皇和明太祖等，多留有墨寶。像元世祖、清乾隆皇帝等少數民族入主中原的帝王，也都會派要員按節慶致祭，在在建立了黃陵的人文歷史正統性。

軒轅廟中有一座碑廊，其中有孫中山的手書碑，而蔣中正和毛澤東兩人的手書碑還比肩而立。儘管政治纏鬥半世紀，然而在紀念祖先上，中華民族的子孫終能超越政治立場，突出了血濃於水的民族感情，值得喝采。

橋山可以遊覽的景點很多，譬如站在山巔眺望縣城，沮河蜿蜒而過，一覽無遺的山城景色便令人心曠神怡。因時間匆促，只能期待下回了。

離台前，有位「台獨」狂熱份子聽說我要去祭黃陵，頗不以為然。

「根據考證資料，我們台灣人不是炎黃的子孫啦！」

我很好奇：「那我們又是誰的子孫？」

「蚩尤。」他說，蚩尤被黃帝打敗，部落遷移到南方去了。

我笑笑沒有和他辯駁。根據《史記》，黃帝「與炎帝戰於阪泉之野。三戰，然後得其志。蚩尤作亂，不用帝命。於是黃帝乃征師諸候，與蚩尤戰於涿鹿之野，遂擒而殺蚩尤」。按情理推斷，首領被殺，部落勢必歸順，即便不同族，也早融合一處了。

漢民族五千年來融合了許多種族，種族高度混雜乃不爭的事實，無從計較起。

祭黃陵主要是「文化祭祖」，貴在不忘本，其它可以休矣。

話雖如此，河北桑乾河畔的涿鹿縣，相傳為炎黃和蚩尤爭戰、融合之處，現今留有黃帝城、炎帝營、蚩尤泉、蚩尤寨……等多處地名和遺跡。一九九六年，縣政府建了「中華三祖堂」，供有炎黃和蚩尤的塑像，也成為海內外中華兒女尋根謁祖的所在。

「和為貴」，我希望今後祭奠黃帝陵時，也強調「中華三祖」才好。

生態城市好

暌違南昌十三載，再見令人刮目相看，整座城市乾淨整潔，每個角落都煥發著欣欣向榮的光彩。贛江西邊開發出來了，高樓參天，造型新穎，一片現代化風貌；市政府等相關機關搬過來了，象徵一個新紀元的開拓。在滕王閣上瞭望贛江兩岸，感到這座兩千年歷史的文化名城有如振翅起飛的鵬鳥，前程萬里，不可限量。

黃昏來到遼闊的江邊廣場，清風徐來，令人心曠神怡。廣場是越夜越美麗，一片燈火輝煌外，還不時迸發直追雲霄的煙火，引來歡聲雷動，萬千民眾的笑靨交織出歲月昇平的圖畫。

前兩次來南昌有如蜻蜓點水，這回拜滕王閣筆會之賜，時間充裕，體會較深，著實為南昌的變化感到可喜可賀，也充滿了期待。比起沿海的城市如上海、深圳，南昌開發較遲，但後發有事半功倍的優點，果然一鳴驚人，怪不得美國《新聞週刊》評它為全球十大最有活力的城市之一。

省領導蒞臨筆會，致詞時提到正努力要把南昌打造為「生態城市」，令我大受感動。當家的有遠見和膽識，人民有福了！

由於較後開發，這城市還保有百分之五十九的綠化覆蓋率，加上得天獨厚，城市擁有一江、一河、八湖沙漠、綠洲……用「難能可貴」形容還嫌謙虛。只要繼續保持綠地並減少污染，就是邁出生態保護的一大步。市政府在清污和文化建設上已邁出一大步，「水聯洞」以運河展現壁刻楹聯就極富創意，相信以後還會更上層樓。

要打造中國第一座名實相符的生態城市，後續工作仍多，筆者在此提一點減少污染的意見，謹供參考。

歐美為了減汙，旅館早已不提供包括牙刷、牙膏、梳子、洗髮精的漱洗用品，旅客有需要時得向旅館索求或購買。中國的大小旅館迄今充斥這種奢侈品，絕大多數淪為垃圾。南昌能帶頭禁止這種浪費，相信會獲得旅客的尊敬和配合。

垃圾分類也是很重要的工作，可回收資源並減少垃圾焚化爐及掩埋場，堪稱一舉數得，先進城市不可不做。台北市推行「垃圾不落地」三年了，成效卓著，如今台灣各縣市正考慮仿效中，也許可供南昌參考。

我誠摯希望市政府別再填掉任何一塊沼澤地。沼澤是城市的肺臟，可淨化水質，吸納洪水，並維持生態平衡。先進國家中一些填掉濕地的城市，如今紛紛進行復育，就是醒悟了不能破壞自然行水區的道理。水是中國越來越珍貴的生活資源，南昌若能未雨綢繆，為其他城市樹立楷模，更將功在國家。

工業建設常被視為與環境保護對立，其實規劃得好可以兩相兼顧；若一味發展工業，後果便難以收拾。無錫市以「蘇南模式」的開發聞名全國，但九月初無錫副市長麻建國公開承認，「蘇南模式」事實上都在破壞環境，「太湖水已污染得不成樣了」，如今要痛定思痛，開始重視環保並淘汰不利環保的產業。

深圳市最近也擬定新城市規劃案，其基調便是「生態城市」的建立，可見環保的迫切性。

眾所周知，「京都議定書」已於二〇〇五年生效，工業產品以符合「議定書」規範的「綠標章」為榮。為了維護信譽，標榜「綠標章」的國際大廠，不會購買不符「綠」規範的零件。中國雖沒簽字，但產品不符規定的，很快將難以外銷。南昌一旦打響生態城市的稱號，並受國際肯定，將來產品行銷必無往不勝。

南昌是文化名城，文物史蹟數不勝數，善加整理和保存的話，將是不可多得的觀光資源。現代化城市很多，讓旅客流連忘返的是文化，與城市新舊無關。文化如酒，越陳越香，因而修整古蹟要「修舊如舊」才好。

文化加生態優勢，南昌必將躍為中國的模範城市。請拭目以待。

——二〇〇六年九月

綠色南昌，終老之鄉

二〇〇八年再來南昌，發現它變得更加潔淨美麗了，相信不要多久就能趕上世界級的花園城市。夜間的秋水廣場，噴泉的絢麗和光彩變化更勝往昔，贏得觀眾喝采連連。作為歷史名城，南昌雖然無法還原一些毀損的老街、古井和古建築了，卻努力建設文化景點以為補償，譬如玉帶河的水聯宮涵洞，在大理石和花崗岩上鑲嵌了三百幅對聯，讓人泛舟其中，有書法抱滿懷的驚喜。如今沿著贛江又增建了文化長廊，以壁雕或塑像重現了青銅文化、文學巨人、儺文化、書院、佛教、道教……，遊客流連其間，不禁萌生一份思古幽情。

文化長廊接著濱江樂園，為休閒娛樂設施。再來是「南昌之星」，世界第二高的摩天輪，看得我觸目驚心。秋寒蕭瑟，四望不見遊客，摩天輪照轉不誤，能源徒然消耗。我見過的摩天輪，都建於港口都市，四季遊客如梭，而地處內陸的南昌敢蓋如此龐然大物，雄心令人動容。想到公元二〇〇六年聯合國「城市發展報告書」中，南昌位列「全球十大動感（最具活力）城市」之一，當非浪得虛名。

建設和破壞往往是一個銅板的兩面，幸好省市領導人都高瞻遠矚，在建設的同時能兼顧環保。以造林為例，為轉變「林不歸我，我不愛林；利不連我，我不管林」的集體制盲點，江西省三年前毅然把山林的使用、經營和處置權分給農民。此舉馬上爆發出造林熱情，成績立竿見影。以前林農年收入不過幾千元，如今已翻了幾翻，正向「由綠起來到富起來」的道路上邁進。全省的森林覆蓋率已達到六成，造林成績眼看要趕過位居榜首的浙江了，「綠色江西」的美名不脛而走矣！

南昌市志氣更高，除了文化名城，市領導更別具眼光，要把南昌營造成一座生態城市。拜開發較遲之賜，又兼湖泊眾多，生態保護確有優勢，若厲行環保措施並持之以恆，名實相符的「綠色南昌」指日可待也。

正當地球逐日暖化之刻，「節能減碳」的呼籲響徹雲霄，凡地球人都無卸責藉口。中國正被指稱全球「排碳第一大國」，如不設法改善，產業勢必受到杯葛。「綠色南昌」正好以身作則，挑起中國環保大樑，貢獻大矣！

南昌工業發展雖較沿海略遲一步，及時加強環保措施可收事半功位之效。譬如減少排污，尤其是空氣污染，就是容易做也必須做的事。

城市發展常常造成交通堵塞及空污嚴重，南昌不妨未雨綢繆，鼓勵市民使用自行車，進而發展自行車共乘的交通模式，同時減少公車數量並降低排污。想想市民出門騎車，相見招呼，既呼吸清新空氣，又重享「操之在我」的道路權，這樣的南昌才叫「動感城市」呢！

十年前，上海曾試圖在幾條大道上禁行自行車，以便汽車能通行無阻。今年（二〇〇八）十月，上海市開始設立一個自行車共乘站，準備盡快推廣這個新型的公共交通制度。法國的里昂做得最成功，南昌不妨派人考察，以省市領導迄今展現的魄力，要超越上海，應該不是難事。

若問我：南昌還可以發展什麼產業？我會大聲疾呼：發展銀髮族產業是當務之急！如此富饒的山水和文化資源，最能吸引老人來此安度晚年了。這個產業是純消費又零污染，投資低但報酬率高，絕對是未來的產業趨勢，千萬不要失之交臂。

中國是「準老人國」了，加上「少子化」，養老院的需求將有增無減；若加上海外四千萬華僑，那生意更是源源不絕。許多城市已看到這個商機，但有條件、有遠見並有規劃的還不多見。以筆者在台北市定居十三年的經驗，公私立的各式養老院，只要辦得好，再貴都一室難求。與地少人多的台北相比，南昌著實得天獨厚，只要細心規劃，絕對能搶得先機。

要興建現代化的老人公寓或養生村，選擇地點很重要。「歸隱山田」已是落伍思想，老人越近市區越好，不宜比鄰醫療院所，但公共交通要便利。須結合中西醫，醫療和養生尤宜並重。養生包括藝文和旅遊活動，務必讓銀髮族越活越年輕，如此一來誰不心動呢？

再強調一點：千萬不要把老人公寓辦得暮氣沉沉。以市府遷建秋水廣場的見識和魄力，若辦一個國際養生村，提供長、中、短期的居住設施，倡導國際流行的「樂活」方式，到江西度假養生或頤養天年很快就蔚為風氣。

想到綠色南昌是養老的天堂，我已心嚮往之矣！

仙境殺手

最近有幸重遊湖南張家界國家公園，震撼於天然美景之餘，對人為污染和破壞頗有扼腕之嘆。

比起二十年前，張家界的硬體建設如交通、衛生等大有改善，令人額手稱慶。天子山、天門山和黃石寨都建了索道，其中天門山索道七點二公里，破世界紀錄。景區內林木蓊鬱，溶洞天成，石峰林立且鬼斧神工，甚至山中還有天然門洞可容飛機進出，誠奇中之奇，被聯合國教科文組織列入「世界自然遺產名錄」乃實至名歸。

纜車究為開發功臣或生態殺手，迄無定論，目前也只能用善加管理加以平衡。張家界拜纜車之便，旅客似乎傾巢而出，理應加以設限才是。即便人間仙境，若遊客多如過江之鯽又人聲鼎沸，也會美感盡失。如今旅客以本地為大宗，台客和韓客其次，歐美少之又少。問題出在每個導遊都用麥克風，解說時慷慨激昂，於是此起彼落的漢語加上韓國話，簡直吵成一片。說噪音「殺風景」絕不為過。

商販更囂張，譬如天子山有棟三層樓的天子閣，其中二樓是紀念品櫃台及現場書寫字畫。推銷字畫的商家用麥克風招徠客人，吆喝聲不停不歇有如播放留聲機，讓上下樓層和樓外的遊客掩耳都躲不掉刺耳噪音，宛如置身菜市場。

天子山有個凸出的懸崖，咫尺之地以欄杆圍出，至多站立六、七人；這裡三面環視群峰如海，崖下萬丈深淵，號稱點將台，是遊人必會攀爬登臨之處。在這個彈丸之地，竟然有攝影師佔據了最佳方位，還擺上了看板張貼旅客留影。我兩位朋友剛站穩腳步，就被咔嚓、咔嚓兩聲照了，回頭索價每人一張十塊錢，尷尬之餘只好交錢取走照片，內心相當不甘。

更糟的是，從天子閣望去，空中樓閣般的點將台被攝影看板遮去一半視線，不折不扣的殺風景！

最驚人的是，天子山最美的一塊觀景平台，居中豎立了高六米半、重九點三噸的賀龍元帥倚馬銅雕，頗有「和天公試比高」的架勢。張家界的同鄉熱愛靠兩把刀起家的賀龍，心情可以理解，但是偉人塑像一般適合置身市政廣場，也許在山下建個紀念館收藏更好。在世界公認的超級景區放置如此龐然大物，反而顯得誇張突兀，難說有「生色」之感。搖頭嘆氣的非僅筆者等一大批海外遊客，大陸朋友也不以為然，他們只希望類似雕塑僅此一家別無分店才好。

也許有人說，張家界不是有張良墓嗎？古已有之是古蹟，現在為舉世公認的天然美景增加視覺障礙，就不僅是畫蛇添足了。或說：美國不是有個雕塑四個總統頭像的山頭嗎？不錯，無名小山因此聲名大噪，但是人類珍稀的「自然遺產」栽上一座有礙景觀的將軍塑像，說人為破壞並不誇大。

中國若以列入聯合國「自然遺產」之名為榮，千萬要改善嘈雜的景區環境，並盡量避免人為建設。今年，雲南的三江併流等幾座自然遺產已被聯合國提出「留名查看」的警告；台灣第一座「國家公園」墾丁因保育不佳、生態惡化，剛被世界國家公園組織給除名了，希望引以為鑑。

自然景觀和商業可以併存，但要嚴加限制和管理，首先要禁止有聲的廣告。日本的京都也是遊客如雲，大街小巷都是人，但是並無喧囂嘈雜的感覺。商品既已標價，店家有問才答，輕聲細語，顧客自會有樣學樣，文明是這樣來的。

據說朱鎔基任總理時，曾下令撤走園內大批商販，誠是德政一樁。希望再接再厲，趕緊撤走點將台上的攝影攤位，並疏導攀登的遊客人數和駐留時間。保護景物的措施不怕嚴厲，它只會加強遊客對自然美景的敬仰和珍惜，更收相得益彰之效。

據說中國有三千座纜車，也是破世界紀錄，而一位不願具名的官員坦承「得不償失」。纜車誠然載客方便，但是客流宜有限制。幾千萬年才形成的物華天寶，恐怕經不起每年千萬人次的折騰，適當地分散人流是起碼的要求。

離開天子山時，有位朋友誓言「再也不來張家界了」。我對中國人有信心，還會再來。我相信，「先天下之憂而憂」的湖南人，一定不會容忍天地精華遭受踐踏。

——二〇〇八年八月《明報月刊》

旅遊：貴州致富不二法門

暌違貴州二十年，再見已氣象一新，貴陽處處高樓大廈，旅遊業更蓬勃發展，令人刮目相看。很高興有機會深入少數民族地區，觀賞苗族歌舞及「侗族大歌」，還發現布依族的「八音合唱」很像台灣布農族的「八部合音」，真是處處驚豔，美不勝收。

貴州因喀斯特地形，山巒星羅棋布以致「地無三里平」，長期建設落後，如今反因生態未遭破壞而躍為優勢。一旦交通改善，天然美景和絢麗繽紛的民族文化就成了旅遊大賣點。希望再接再厲，旅遊在省內可望成為龍頭產業，帶貴州人步上富裕之道。

以全球就業趨勢而言，服務業漸趨熱門，旅遊更是其中翹楚。旅遊包含交通、旅館、餐飲、表演和文化展示等等，推廣開來可帶動各行各業，堪稱「商機無限」。當然，旅遊要辦得好，除了基本的硬體建設，更須有配套的人文設施，譬如服務素質的提升，處處以客為尊，讓人賓至如歸即是一例。至於歷史古蹟和民族文化的保護，重要性只有過之而無不及。

試以義大利為例，不管全球景氣的好壞，每日國際遊客都川流不息。義大利的天然景觀相當一般，遊客熱衷的是古老教堂和羅馬人留下的廢墟，可見古蹟，也即文化，才是旅遊的永恆亮點。

旅遊業的競爭也很激烈，且不進則退，因此要保護並宣傳自己的特色，經營才能長久。貴州擁有獨特的景觀，奇山、秀水、瀑布、岩洞……數不勝數，眾多民族保存下來的服飾、歌舞和婚喪喜慶文化，在在令人目眩神迷。政府和民間若能齊心竭力，保護和提升並重，成為西部旅遊大省是指日可待之事。

如同環保講究永續經營，旅遊也要求資源保護，而交通「四通八達」未必可取；對多山的貴州，廣修公路會破壞生態也浪費資源，只能適可而止。交通太發達，常招來走馬看花的觀光旅行，並不利環保。

為長遠計，旅遊最好朝度假休閒方向努力。世界著名景點都有度假村，讓人住一週或一個月，放鬆心情並體驗當地生活。這種長住（Long stay）有別於趕攤式的觀光，對環境衝擊小，最值得提倡。

健康是世人永恆的追求，貴州這方面的資源得天獨厚。處於高工業、高污染的時代，潔淨的空氣和水快成奢侈品了。貴州多的是青山綠水和瀑布群；瀑布造就有益人體的負離子，僅是這一項就足以招徠長住養生的客人。

此地盛產玉米，老玉米已被中西醫肯定為健康食品。旅遊業不妨粗糧細作，推廣雜糧養生，少在牛奶、麵包等西點上折騰。少數民族的耕作和飲食方式，都很環保且健康，也值得宣揚。當然，待客要少辣少油是不在話下了。

梯田是貴州特色之一，但是有些山坡最好植樹，旨在涵養水源。黃果樹瀑布流水量遠不如二十年前，水源之一的溪流更是雨後泥湯滾滾，可見生態破壞，應列為重點保護才好。

小山坡最好改梯田而種竹子，既美觀也實用。竹子生命旺盛，長莖淺根，生長迅速，纖維是製造紙張、布匹和食品的可再生原料。竹子也是潔淨空氣的聖品，竹林吸納的二氧化碳是同面積樹林的四倍，釋放的氧氣也多出三成半，正好落實貴州政府要打造全省為「氧氣吧」的號召。

參觀屯堡古鎮時，主街穿過古樸的建築群，佐以小橋流水，幽雅安寧有如江南水鄉；街兩邊是商店和紀念品小賣攤，召來遊客和行人絡繹不絕。不料時有摩托車一路按喇叭要行人讓路，行徑囂張，噪音刺耳，著實煞風景。

噪音是中國旅遊景點的痛病，商店大聲招客，導遊以擴音器解說，經常吵成一團。貴州如果能成功取締噪音，成為中國旅遊的模範省，則善莫大焉。

「樂活」（LOHAS）式生活正在全球興起，意即「重視個人健康及環境永續經營的生活態度」。筆者以為，貴州若能結合旅遊、民族和飲食文化，率先打造「樂活省」，又是一個模範，那是好上加好了。

——二〇〇七年十二月十四日　《貴州日報》

邊塞更顯民族魂

最近參加了雲南采風團，走訪滇西少數民族地區，自然景觀的雄奇及民族風情的炫麗令人驚豔。滇西更富有近代人文史蹟，視為此行最大收穫，僅略述一二以饗同好。

邊塞偉男刀安仁

首站到盈江縣，參與該縣召開的「首屆刀安仁革命思想學術研討會」。國內外學者六十多位，論文十多篇，發言踴躍，會議隆重又熱鬧。

刀安仁是誰？我是第一次接觸這個名字。半天聽下來，不禁肅然起敬。

原來他是傣族，生於一八七二年（清同治十一年），盈江二十三任土司。年輕時即率領邊境的傣族、景頗族和漢族等，與英殖民者展開武裝鬥爭。一九〇六年留日，考入東京法政大學，不久即加入孫中山領導的中國同盟會，為少數民族領袖階層入會的第一人。曾幾次變賣家產以資助同盟會，被孫中山視為同志兄弟，讚譽有加。

刀安仁關懷民生且高瞻遠矚，留日時途經新加坡，考慮兩地的緯度和氣候，斷定雲南也可以種橡膠，即購買了八千株橡膠樹苗派人運回，種在盈江縣的鳳凰山上。這是雲南首次種膠，他被喻為「中國橡膠之母」。時移地易，鳳凰山上仍留存一棵百多年的老橡膠樹，幹碩葉茂，允為土著民族勇於開發的見證。

留學返國後，刀安仁積極發展邊疆實業，開設銀莊，聘請外國專家，引進火柴、印刷、紡織等先進機械。開發不忘革命，身為同盟會本地負責人，組織過永昌起義。

一九一〇年，刀再次東渡日本，親聆孫中山推翻滿清的計畫後，即返鄉準備騰越起義。一九一一年，辛亥九月初六，刀安仁和張文光帶領德宏和騰越一帶各族人民及部分旅緬華僑，在雲南第一家舉起了辛亥革命的義旗，從邊疆打響了推翻滿清的第一槍。三天後，並在昆明建立滇西國民軍都督府，刀被推為兩都督之一。

不幸，有些雲南軍閥以「正統」自居，視兄弟民族「非我族類，其心必異」，竟以「莫須有」罪名橫加毀謗。進而誘騙刀安仁去上海見孫中山，卻透過黨羽秘密逮捕並投獄。一九一二年秋，方為孫中山、黃興和宋教仁營救出獄，身心已備受摧殘。次年辭世，享年四十一歲。

消息傳出，同志莫不痛徹心肺。孫中山更為失去一位親密戰友而悲痛哭泣，即撰一幅輓聯，悼念這位同盟會會員、傣族愛國領袖和滇西國民軍都督：

邊塞偉男，辛亥舉義冠遇春；
中華精英，癸丑同慟悲屈子。

我更發現刀安仁是文武全才，擅長傣文和漢文，尤愛寫詩。曾以傣文寫作長詩〈抗英記〉和反映赴日留學的長詩〈遊歷記〉，均有漢語譯本。會後，我們參觀了刀安仁故居及陵墓。我向這位民族英雄的遺像深深一鞠躬，感激他為中華共和獻身外，也兼為不肖漢人的猜忌心態表達愧疚。

盈江青山環繞，有古寺和千年佛塔，加上傣族熱情，歌舞迷人，小小縣城竟是集自然風光、歷史和人文於一身，誠然是不可多得的旅遊勝地。

南洋華僑機工碑

畹町（傣語「太陽當頂」之意）是緊鄰緬甸的小山城，乃滇緬公路中國段的起點。邊防口岸的小橋曾見證了周恩來和緬甸總理握手言歡的歷史場面，但最令我心儀的是「南洋華僑機工回國抗日紀念碑」。它座落山坡上，俯視滇緬公路蜿蜒而去，景觀豪邁壯麗，可堪告慰當年為國流血流汗的南洋僑胞。

一九三八年，日本侵略中國已佔領了大半河山，且對廣西和越南虎視眈眈，企圖包圍重慶政府。為打通聯外道路，中國政府決定搶修滇緬公路。雲南二十萬民眾響應救國號召，自備口糧和簡陋工具，不畏山險水惡，僅十個月便初步完工；不少人死於工傷，公路儼然一道「血肉長城」。

道路已成，卻乏車輛維修工人。一九三九年，「南洋華僑總會籌賑祖國難民總會」主席陳嘉庚乃出面號召，於是馬來西亞、新加坡、泰國、緬甸、菲律賓和印尼等地的三千二百多名華僑和青年機工，組成「南洋華僑機工回國抗戰服務團」，分九批回國。他們輾轉於滇、黔、川、桂、湘以及緬甸，出色地完成任務。同年日軍佔領廣西，切斷我國通越南海防的道路；四〇年入侵越南，又阻斷滇越公路；幸有滇緬公路充當中國和盟國互通物資的「輸血管」。

由於日軍狂轟濫炸，加上熱帶疾病肆虐，又意外事故頻仍，南洋機工有千餘人為抗戰犧牲了。抗日勝利後，千餘人返回僑居國，另千餘人留居祖國。

抗日勝利六十週年時，南洋機工的後代捐資修碑紀念。畹町政府開放森林公園的土地，目前已修有高十六米的紀念碑、陳嘉庚等身雕像及刻有全部機工姓名的藝術浮雕長廊。紀念碑和長廊浮雕都使用享譽世界的福建花崗岩。設計注重象徵，如碑身紅色象徵中華民族衝破黑暗，走向光明；漢白玉雕的陳嘉庚像，座底的七級台階象徵「七七事變」。在這裡參觀，我們宛如重溫了一遍八年抗戰史。

閱讀長廊機工姓名時，發現有婦女名字，我問導遊：「有女機工嗎？」

「有，一共有四位。」

導遊自動告訴我，有個李月美還女扮男裝返國投入工作，直到因工受傷了，才被一名男機工發現身分，勝利後兩人結為夫婦。

「他們回僑居地了嗎？」

「沒有，他們留下來。可是……」

追問之下，原來沒死於日本炸彈的李月美竟慘死於「文革」！我當下眼眶一陣濕熱。中華兒女呀，何以如此熱衷於自相殘殺？

走筆至此，謹呼籲海內外同胞，到滇西旅遊千萬來此憑弔一番。

國殤墓園

華僑機工血汗築成的滇緬公路，一度落入日軍之手。那是日本偷襲珍珠港後，接連侵佔香港、越南、泰國、緬甸並佔領了包括騰衝在內的滇西土地，企圖切斷英美對華的軍事援助。為了打通滇緬公路，中英簽署「共禦滇緬路協議」，並組織遠征軍，一九四二年初投入戰鬥。

中國遠征軍才出兵兩個月，六十六師長孫立人將軍就在緬北仁安羌以千把人奮戰兩晝夜，擊潰了日軍一個團，救出了被困的七千多名英軍和五百多名記者和傳教士等。此舉轟動國際，孫立人受到蔣介石、英王喬治和羅斯福總統授勳，中國遠征軍更聲威遠揚。

孫立人再接再厲，攻破另一個敵人據地，俘虜日軍一千二百人。有一種說法：審訊戰俘時，凡蹂躪過中國土地的一律處死，結果活埋全軍。此舉震驚全世界，美國特別惱火，擔心引發日軍拚死頑抗。不料孫將軍威名大振，日軍反而望風逃竄，一九四五年竟兵不血刃，一舉光復了緬甸！

遠征軍放過一個叫山田進一的日兵；審訊時得知他是台灣人，以「不殺同胞」而放他生路。孫立人親仇分明，感念他的豈僅是台灣同胞！

一九四四年夏，遠征軍發起滇西反攻戰。強渡怒江並仰攻高黎貢山後，在盟軍配合下圍攻騰衝城，經過四十四個日夜血戰，於九月十四日全殲境內六千餘名日軍。是役我軍將士死亡九千六百一十八名，傷兵逾萬，而盟軍陣亡將士為十四名，慘烈可以想見。香港報紙以「東方諾曼第」比喻，象徵全面反攻開始；日本軍事教官視為「中國最成功的殲滅戰」，超過史上的赤壁之戰，因全軍覆亡，無一生還。

騰衝光復後，辛亥革命元老李根源倡議為陣亡將士建設陵墓，印度華僑捐資響應。當時小城一片焦土，百姓卻連最後的一塊床板也獻出來。

「家園可以慢慢建，為國捐軀的人要先入土為安！」

人民選擇美麗的來鳳山修建大型陵園，依次向下修建了烈士紀念塔、烈士塚、忠烈祠及墓園大門，園區寬闊，林木茂密，優美如同公園。迎接遊客的墓門是古式門樓，有李根源「國殤墓園」書法。門後甬道兩側有近年新建的陳列館，展示抗戰實物和作戰及築路的紀實照片，富有歷史價值。

高掛黨國旗幟

建於高台上的忠烈祠採古寺建築，懸掛蔣介石題的「碧血春秋」匾額。祠堂中央高懸孫中山總理畫像和遺囑，左右分佩國民黨旗和中華民國國旗，牆上鑲刻陣亡將士名錄。展廳布滿于右任、孫科、陳誠……等黨國大老的題詞和輓聯。抗日實物中，李宗仁贈送騰衝縣長的紅藤手杖，上題「抗戰到底，步步前進」八字，被視為鎮館之寶。

祠前立了許多抗日文告碑，其中李根源的〈告滇西父老書〉字字血淚，一甲子之後讀來仍令人心潮澎湃。

烈士塚呈八字縱列，每人一碑，下埋骨灰，上刻姓名、籍貫和軍銜等。盟軍將士則每人一墓，其家屬常千里迢迢來此獻花悼念。此外，墓門內一角埋了四具日軍屍骨，立有黑色「倭塚」以示陪葬之意。

山頂上則巍然聳立著一尊紀念塔，上刻「民族英雄」四字。本世紀初，紀念抗戰勝利一甲子，政府斥資整修陵園，碑塔還增加了國府抗日將領宋希濂的題字。宋在內戰中投降共軍，題字頗能彰顯國共兩黨攜手為中華的和解意義。

走過一排排烈士墓地，彷彿看到一個個離鄉背井的青少年，義無反顧地奔向沙場，情景正如《楚辭》所言「出不入兮往不還，平原忽兮路超遠。帶長劍兮挾秦弓，首身離兮心不懲。」園名「國殤」，實至名歸。

國殤墓園是中國軍人視死如歸及海外華僑熱愛祖國的象徵，讀者有機會到滇西旅遊，務請到此獻上一束心香。

——二〇〇九年九月七日《僑協雜誌》

喇嘛廟的啟示：遊蒙古的一點感觸

七月中有機會參加新象文教基金會舉辦的蒙古之旅，飽覽美景之餘，頗多感慨。

剛進入草原之國的首都烏蘭巴托，觸目皆是斯拉夫文字的招牌和路名，許多公共建築如國會大廈和歌劇院等都像笨重的大盒子，簡直懷疑是置身俄國的殖民地了。好在近郊漸漸出現現代化的高樓大廈，說明蒙古正努力要趕上世界潮流。

到了蒙古才體會到地廣人稀的實際意義。她的國土面積是台灣的四十四點五倍，但人口僅兩百六十萬，其中三分之一住在首都。離開首都，只見四周綠草如茵，汽車可以脫離國道，隨意馳騁草原，半天都不見一個人影。好不容易遠方出現幾個白點，漸漸變成一叢蘑菇，原來是幾個蒙古包，不禁引發旅客一陣歡喜鼓譟。人，是這片廣袤無際土地上的珍稀動物，陌生人都備受歡迎，草原人好客不是蓋的。

一來就趕上蒙古紀念獨立八十五週年以及成吉思汗帝國八百週年慶，觀賞盛大的文武場演出。武的有射箭、摔跤、賽馬以及五百名騎兵重現鐵木真當年攻城掠地的陣仗。文場是蒙古傳統音樂表演，包括八百把馬頭琴演奏、長調和呼默演唱。

馬頭琴因琴柄雕馬頭而得名，像中國胡琴但共鳴箱很大，音調因而宏亮得多。地廣人稀的國家，竟能調出八百名琴師，演奏和諧如一，連蒙古人都自誇史無前例。

長調顧名思義便知嗓音高亢嘹亮，帶有顫音，可以傳送很遠，富有感染力。呼默唱法更奇特，用鼻子和喉嚨發聲，同時可以出現濃厚的鼻音和尖銳的嗓音，曲調悠揚頓挫皆具，等於特技表演。

以前讀歷史就知道，蒙古人原來信仰萬物皆神的薩滿教，是忽必烈時改奉喇嘛教，後來也像西藏那樣演成活佛轉世及政教合一。上世紀初拜蘇聯強力斡旋，蒙古繼蘇聯之後成為全球第二個共產國家，喇嘛教式微是想當然的事。這回參觀許多名勝古蹟，竟然都和宗教有關，可見它和民眾仍然關係密切。

蒙古最有名的博物館是最後一代活佛（哲布尊丹巴八世）和皇后居住的冬宮。

它是兩層樓的木構建築，一根釘子都沒用，全以榫頭相接，歷經百年還堅固如初。從保存的生活用物，譬如金縷衣，在在顯示活佛生活的奢華，王朝的終結應是人心所向才是。

我去過青海和西藏，參觀過藏傳佛教六大喇嘛寺中的五座，知道另一座是烏蘭巴托的甘丹寺。有幸拜訪卻發現它金碧輝煌如新造，包括有名的觀音塑像也金光閃閃，殊無一分一毫的歷史沉澱。問導遊才知，神像是十年前重新塑造，原有的數百年銅像被共產黨燒熔，改鑄為砲彈去了。

我們去遊覽特勒吉國家公園。它是一條蜿蜒的山谷，滿山的綠草和翠柏；不時出現奇岩異石，姿態撩人遐思，有些蒙古人已取了名稱如烏龜石和一柱擎天。我們文人容易見景生情，忍不住一路給石頭貼標籤，像老僧入定、兩小無猜……，堪稱自得其樂。

山坳裡原有一座滿孜召爾寺，如今僅存草叢中幾個石墩和石柱。原址蓋了一座紀念館，以照片重現該寺清奇巍峨的原貌。

導遊向遊客解說：「這裡原來有三百名喇嘛。一九三七年，蘇聯紅軍和中國軍隊一起來把廟摧毀掉，喇嘛也被趕走了。」

我感到不可思議：「蒙古早在一九二四年獨立，過了十三年，哪來的中國軍隊呢？」

他模稜兩可地表示：「可能還是有殘餘勢力的。」

我問另一個導遊。他說：「沒有中國軍隊，是蘇聯紅軍幹的壞事。」

看來蒙古人對歷史不甚了了。

當晚，我借了幾本有關蒙古的書來看，疑惑很快有了答案。

原來蒙共靠蘇聯武力奪得政權，便俯首聽命地向蘇聯「一面倒」。蘇共出於離間漢蒙關係，毀棄幾百年歷史的蒙文，改以俄文字母取代，還掌控蒙古教科書的書寫，扭曲歷史就不在話下了。十三年後，蒙共為了貫徹史大林的無神論主張，也要鏟除喇嘛教勢力以鞏固政權，不惜殺害上千名僧人，並流放上萬僧人到西伯利亞，後者迄今下落不明。蒙共更夷平七百多座寺廟，留下極少數作為養馬或倉庫用途；甘丹寺聞名國際的觀音銅像便是那時被拆走去做砲彈的。那個「極左」時期，誰相信有神便是「反革命」、「不愛國」……，人民敢怒不敢言。

一九九二年蘇聯解體後，蒙共回應部分民意，決定改弦易轍，首先更換「蒙古人民共和國」為「蒙古國」。顯然羞於回顧這段「極左」統治，政府不在歷史課本中反省交代，竟任由人民栽贓友邦，著實令人遺憾。

次日，我當眾向導遊提出更正，並加上我親自經歷的中共「文化大革命」例子，讓他口服心服。

中共建國十七年後，毛澤東發動「文革」，也是「極左」病發作，驅使「紅衛兵」對文物和善良人士進行打砸搶，寺廟毀壞的不計其數。誰表示一丁點不同意見，立即被戴上「不愛毛主席」、「反黨」、「反革命」……等帽子，遊街、批鬥致死是家常便飯。四十年了，中共也是諱疾忌醫，只進行一些平反工作，但未認真反省。作家巴金臨終前仍念念不忘建立文革博物館的呼籲，主政者迄今不作回應。不同的是，中國未把破壞文物的罪名推給友邦國家。

「極左」以口號蠱惑人心，由眾口鑠金而模糊是非，結果禍害無窮。台灣這幾年大力推動「本土化」，經常過猶不及，也是「極左」表現。譬如好不容易統一起來的漢語，現在要以閩南語（叫台語）取代；有些人還恨不得以日語取代。前行政院長游錫堃就宣稱「未來的國語」不止一種，要包括英語在內。可憐的台灣孩子，打幼稚園起就被灌輸英語、母語和漢語，光是語言就足以讓人神經錯亂了！

至於動不動就以是否「愛台灣」來檢驗老百姓的言行——這和中共的「文革」

有何不同？

為了防衛中國，台灣也選擇向美日一面倒。美國並沒有改變台灣文化的意圖，台灣卻自行「去中國化」，重寫四百年台灣史即是一例。新的教科書裡，荷蘭據台僅三十五年，比重竟超過幾百年的明清史，如此忘本也算「本土化」？

友誼破壞容易，恢復就難了。以蒙古為例，漢蒙民族淵源深厚，同為共產國家，中國更沒斷過對蒙古的援助，彼此理應友好才是。然而旅行蒙古一個多禮拜，深感這裡的人對漢人仍存嫌隙。華人在世界各地都有「華埠」或「唐人街」，烏蘭巴托例外。僅寥寥幾間中餐館，稀疏又分散，漢字招牌也不起眼。即使如此，去年還發生打砸搶漢人商店的事件。究其因由，相信以嫉妒和成見居多。中國內蒙的國民年收入，是蒙古人的四倍，有些眼紅也情有可原。

蒙古位於中俄之間，占盡天時地利。今天又加上美國和日本的極力拉攏，目的都是圍堵中國。蒙古現在努力的是和大國保持平衡，也即「人和」。只要天時地利人和俱全，兩百多萬人口就舒舒服服地被送上現代化列車了。

台灣處境像蒙古，重要性只有過之而無不及。美日挾台灣以牽制中國的海權發展，也讓中國的國力消耗於兩岸的軍備競賽；日本還念念不忘半個世紀殖民台灣的好處，領土野心不言而喻。台灣的出路看似複雜，其實選擇並不難。與其當美日走狗、淪為對抗十三億同胞的馬前卒，不如選擇和大陸共存共榮，成為大中華的重要成員。連西方人都說本世紀是中國人的世紀，台灣人就不必猶豫了。

——二〇〇六年　《江蘇僑訊》第七期

第四輯

她鄉心事

天堂歷險記

八月初，參加了富都旅行社的「喀什米爾．拉達克高原極景之旅」之旅。行前，朋友都表羨慕：「喀什米爾山明水秀如仙境，拉達克更是人間天堂哪！」

我去過西藏高原，也知拉達克先後被西藏吐蕃王和回教徒統治過，縣府列城留有九層高皇宮美如布達拉宮，千年來喇嘛教和回教和諧相處，文化習俗和天然風光美不勝數，有「小西藏」之稱，公認是「香格里拉」一詞的來源。

五日搭機經香港飛德里，經五小時多航程和時差，摸黑住進德里一家旅館。才瞇眼不久即被叫醒，五點趕到機場。以後就是幾小時的枯等，終致取消航班。

返旅館看電視，才知夜裡列城下雨，午夜轉成幾百年不遇的暴雨（印度稱Cloudbust），凶猛無比，很快就崩塌了兩座山峰，土石流淹埋了村莊，情景宛若台灣「八八水災」的小林村。不但機場，旅館、寺院泡水，僅有的兩條連外公路也柔腸寸斷。當天即知一百一十五人罹難，五百多人失蹤；三千外來旅客多困於城裡，如早來的百名韓國客就動彈不得。

報紙預估：「列城復原至少要兩年。」

「這地球怎麼啦？」人們都感不解，「天堂竟遭受毀滅性水災！」

「一定是地球暖化造成的！」印度學者多持此論。

一週不到，台灣領隊得到消息，包括少數外客，罹難者上千。全團都為逃過一劫而額手稱慶。

泰姬瑪哈陵不愧世界奇蹟

德里導遊蘇明是幹練的印度美男子，漢語不錯，很會隨機應變，立即改為在地遊。他說：「印度多的是名勝古蹟，保證你們不會有損失。」

果然，德里和附近的亞格拉、捷普號稱「金三角」，所見所聞令人驚嘆不已。

譬如國家生態公園，原是王家獵園，有湖泊和濕地，如今是珍稀動物尤其是鳥類棲息處，孔雀犀牛外，更多台灣少見的翠鳥（kingfisher），讓幾個會賞鳥的團員驚呼連連。夜宿王宮也是難得的經驗。

還有城邦古堡的龐然大砲，穩坐巨輪架上，金氏紀錄列為世界最大輪架砲。這砲只試射過一次，威力固大，後坐力更強，當場毀了地基，從此安養天年。

著名的紛紅城（Pink City），以石塊築成，有一面街的風宮，九百五十三扇窗築成高牆，供嬪妃俯視兼偷窺街景。此城乃某國王建造以款待英國太子，太子驚嘆建築之奇、之美，有意在英國複製。國王一口應允，不料建築師一家當夜永久失蹤，此堡遂成世上獨一無二之物。

最令人讚嘆的當數亞慕納河畔的泰姬瑪哈陵，號稱世界七大奇蹟之一。主陵高七十六米，純白大理石砌成，陵墓外牆鑲嵌可蘭經文、花草紋飾；陵墓四角有高塔，各向外傾銷十五度以平衡主陵的地震壓力；陵下掘有水井八十口，以調節河水漲落，保持陵墓於不墜。陵左右各建有對稱的清真寺，陵前是大片花園，中有水池，倒影與地上泰陵上下輝映。

這座白色陵墓矗立河畔，隨著日照和月光變化而映現不同影像，壯觀、美麗外又十分迷人，讓相距不遠的古都皇宮「紅堡」相形遜色。

蘇明說，作為導遊，他看膩了泰姬瑪哈陵，但是對它背後的愛情故事，卻樂於反覆敘述。

永恆的愛情象徵

鐵木真後代於一五二六年征服北印度，建立蒙兀兒帝國。第五代君主沙賈汗有愛妃泰姬瑪哈，彼此恩愛十九年。她死前要求國王為她在首都河畔築一座白色陵墓，每日相視兩不忘。國王慨然應允，隨即徵召名建築師設計，並召募到歐亞二十萬名巧工能匠。

沙賈汗在墓地附近圍起一座城，推出一批金銀珠寶，對工匠們說：「陵墓修成之前，你們不可離開此地，但是修成後這些金銀珠寶都分給你們。」

工匠們一時歡聲雷動，沒想到墓修了二十二年之久，不少人老死於此。為了安撫、解決工匠們的生理需求，調來大批婦女，為他們繁延了一批後代子孫。當年光是運輸建材便動用了一千隻大象，工程浩大可以想像。

一六五四年陵墓完工，但工程也掏空了國庫，一旦國王生病，王子們紛起奪權並自相殘殺。得權者自立為王，第一件事就是把父王軟禁在紅堡後宮中，讓他只能從瞭望台的窗格中遙望河中的泰姬瑪哈陵倒影。

臨死前，沙賈汗給兒子寫了封信，要求讓他到泰陵憑弔一下。獄卒回報佳音，說國王應允了。沒想到等了一陣，竟然送來一顆刻有泰陵形象的大鑽石。不久，沙賈汗嚥下了最後一口氣。

幸好有貼心的小女兒，把父王葬於泰陵，夫妻終於相傍而眠。

莫爾湖畔的船屋

終於等到急風暴雨離喀什米爾去了，我們飛去首府斯利那加，入住莫爾湖中的船屋。每段湖岸排列了十幾條船，彼此相隔兩三米，客人可坐船沿品茗釣魚。船屋有前廊、客廳、餐廳和四間客房，客房附浴間，整個布置富地方風味，每船配有管家一名供差遣。船後岸上有中央廚房提供三餐，印度和喀什米爾口味俱全，咖啡、奶茶和嘎瓦（藏紅花煮水加杏仁粒，又叫喀什米爾茶）必備。設備介乎三、四星級飯店。

座落喜瑪拉雅群峰中的莫爾湖，常年雪水融注，活水源源不絕，水草瘋長，魚鳥富裕；尤其處處蓮荷，小船划行其中，上有藍天白雲，身擁紅花綠葉，令人如處仙境。

湖中有民居聚落，住宅多為挑高兩、三層樓木造。有種菜或養雞鴨鵝的，也有小商店和手工藝坊不等。交通工具全賴小船。每天清晨五點都有幾十條船划向固定岸點，買賣蔬果、花卉和魚肉等。旅客都會來湊熱鬧，小船撞來撞去，大家嘻嘻哈哈，和樂不在話下。

這裡的「岸」多有人工製造出來的。先圈出一大塊水域，投入乾草和湖泥，接著在上面種水草，久而久之就打實為陸地，上面可以種菜養鴨。岸多了則連成街道，自成一塊聚落，家家門口有小船，比義大利威尼斯更富天然風光。

喀什米爾高原以回民為主，清真寺很多，湖畔就有白色清真寺Hazratbal，以白色大理石砌成傳統圓頂，據說保存了一根先知穆罕默德的頭髮。另有一處迦密清真寺Jami Masjid，則是一四〇二年以喜瑪拉雅杉木築成高聳柱廊，全寺呈方形，布局自成一格，都是不可錯過的景點。

英帝國遺害無窮

一行六部汽車，浩浩蕩蕩開到海拔兩千多米的帕哈岡（Pahalgam，意為牧羊人的草坡），住進了上世紀初英國人以石頭和杉木，在臨水的山坡上建造的豪宅。打開窗戶，山峰撲面而來，花園樹木扶疏，耳聽潺潺溪水，涼風息息，不得不佩服當年英國人真懂得享受。

八月十五日是印度獨立六十三年紀念日。當年英國政府居心不良，把印北回教區分割成三塊，東西兩塊給巴基斯坦，獨留中間的喀什米爾給印度。沒多久，東西兩塊就分裂成兩國，中間這塊幾十年來印巴爭吵不斷，本地回民則長年或偏巴國或爭取獨立，和印度軍警時有齟齬。紀念日前已有消息，錫克教恐怖份子可能攻擊，因此實行戒嚴，進出機場固檢查嚴密，包括搜身，就是公路上也多設崗哨，盤查來回車輛。

歐美人士最是鍾愛這種高山流水的勝地，近年卻因局勢不穩而裹足不來。我們一行二十多人，舉凡騎馬、爬山、健行、拜訪牧民……全獨來獨往，鮮有別國旅客，本地旅客也如鳳毛麟角，大家玩得很盡興。

獨立日前夕，導遊午夜時刻突然通知大家，要三點起床奔機場。

原來本地回民當日有場遊行，訴求民主並亮出「獨立」旗幟，與政府軍CRPF（Central Reserve Police Force，類似台灣的憲兵或鎮暴部隊）起衝突，扔土塊和石塊，導致兩人死於軍人槍下。一時群情激憤，威脅發動更多的遊行示威。蘇明怕夜長夢多，寧可早早把旅客帶離帕哈岡。

我們摸黑上路。第一道關卡沒人把守，但是本地司機膽小不敢闖越。蘇明和「地陪」（蘇明不懂土著語，不找當地人會寸步難行）去喚醒營房的軍警。幾經交涉，終因宵禁限制，絕不放行。

我們回旅館休息片刻，匆匆吃了早餐，八點半又出發。換個崗哨，還是禁行，理由是「不能保證旅客前途安全，可能遭暴徒襲擊」云云。

我們這個車隊就在公路上左衝右突，跑遍了所有崗哨，沒人肯放行。車上人嚇得幾小時不敢要求上廁所。眼看趕不上十一點半的飛機了，還好航空公司宣布延班。

領隊說：「這就是印度，隨時可以改變規則，大家隨遇而安吧。」

為了躲遊行隊伍，車隊開進了偏僻小村，在一戶有錢人家的大門外停歇。地陪去借這戶人家的廁所，幸好庭院角落有一間，不必進屋打攪。主人家凡大人都不敢出面，擠在窗戶後看我們，但兩個小姊弟卻熱情好客，陸續搬出剛摘的桃子，一一分給大家，純良感人。

其它村民則傾巢而出，連狗也頻頻搖尾，從沒看過這麼多外國人來此，興奮之情溢於言表。在村民熱情指引下，車隊沿著曲折的小河行走，途中還是碰到一隊遊行隊伍，一路呼喊口號而來。我們遠遠就停車讓路。導遊指示，微笑外一概噤聲。遊行者以中青年人為主，對外來旅客很友善，微笑相報外，還頻頻示意我們快走。

終於在鎮外上了公路直奔機場。場方如臨大敵，一共經過三道盤查，每次都搜身，查視隨身行李更是巨細靡遺，一有疑慮，當場沒收。古稀之年了，這是第一次經歷如此嚴厲的檢查。

向印度學什麼？

在德里機場，談起此次旅行，有些團員表示「幾年內不敢來印度」。我倒覺得印度地大物博，亞洲最大最久的民主國家，雖貧富懸殊，許多地方很值得我們思索和借鏡。

髒亂是旅客統一印象，交通無序可言。貧富懸殊也一目了然：乞丐、遊民露宿街頭，吉普賽女人拖著小兒女討錢是典型街景。蘇明說，印度首富擁有的財產，比中國富豪排名榜的前四十名加起來還多，真叫「富可敵國」。

看到街上母豬帶小豬在垃圾堆中尋食，馬上理解回民不吃豬肉的原因。上中華和日本料理店時，領隊先聲明：「印度店的豬肉都是進口貨，請放心。」

印度教徒不吃牛肉，視牛為聖物，街上徜徉也無人驅趕。這幾年為了交通方便，已很少放牛上街了。

這國家以自由民主自豪，民主講寬容，從語言之繁雜（八百二十六種方言）即可顯現。一張十盧比（一美元等於四十五盧比）鈔票要印上十五種語言，嘆為觀止吧？

政府大賺外國旅客，但很照顧國民。國家博物館門票外客收三百盧比、泰姬瑪哈陵收七百五十盧比……國民都只收二十盧比，等於免費了。

受國際批評，印度政府正努力提升婦女地位，但回教婦女仍處深淵中。男女相戀若發生親密關係，一般只罰回女不罰回男。以前是亂石打死，現在法律禁止，但投入牢後，仍受獄卒鞭笞。

四千年的種姓制度根深柢固，婆羅門、剎帝利、吠舍、首陀羅外，第五等叫賤民（Untouchable）。一億七千萬的賤民多是勞工和文盲，令誰都同情。

「印度人也把外國人分等級，」有團員表示，「皮膚越白的身分越高。」不同階級還是不相來往，遑論婚嫁。前不久，印度才發生繼母殺死女兒，因為後者愛上低階級的男子，為了家族聲譽必須行此「光榮殺害（Honor Killing）」。這種殺人，歷來不受法律制裁。國會遲遲未能通過制裁法律，因為部分議員怕流失選票；也有一半女人反對，可見宗教和習俗之頑固。

導遊蘇明原在機關服務，後來出現升遷機會了，竟是下階種姓獲得，因為政府對這個階級設了名額保障。

「這人笨笨的，竟變成我上司！」他因而辭職改投旅遊業。

印度有民主自由，但顯得鬆散無力，缺乏平等更讓人詬病。然而民主是軟實力，持之以恆終有成就之日，我相當看好印度。

——二〇一〇年九月《僑協雜誌》

曼荷蓮的女生

一九六二年，我獲美國私立曼．荷蓮女子學院（下文簡稱荷院）獎學金，秋天即前往麻州辦理註冊，住進了研究生宿舍希區考克樓。

荷院是美國「七大姊妹」院校之一，校舍多為半個世紀前的紅磚樓房，爬滿長春藤，新建物也是紅磚紅瓦，一派端莊典雅。校園裡花香鳥鳴，有古木參天，也有山坡傍小湖，曲徑可通半圓形露天劇場……，新來乍到的我彷彿置身人間仙境。

研究生宿舍取名希區考克，是紀念捐贈的屋主，保留了原始的三層木造房，共有九個隔間，全部住滿了。建築年代超過校史，但外牆年年塗白漆，整個維護得古色古香，樓梯有幾階走起來會吱吱作響而已。房子前後都種植花木，屋後的蘋果樹據說年齡如屋齡，春來滿樹花朵，堪稱老當益壯。學校在鄉下，我們宿舍和大學生宿舍隔街相對，但路上難得見到車輛，環境十分幽靜。按姓氏的英文字母配房，我姓陳，住進門右首頭一間，推窗可以觀賞丁香和迎春花，而人來人往也一覽無遺，不會感覺孤寂。

沒有舍監，只有一位六旬出頭的管家叫安娜，每天做的事就是抹一下客廳裡茶几和鋼琴蓋上的灰塵，然後坐在搖椅裡織毛線，有機會逮到學生聽她聊陳年舊事，就樂得眉開眼笑。她五點下班後，宿舍成了我們的天下，彈琴唱歌，鬧到午夜或通宵達旦都沒人干涉。沒有舍監，自不必遵守十點關燈鎖門的宵禁，僅是這一點就羨煞全校三、四百位大學部學生。有些和男友約會晚歸，因而被擋在宿舍門外的女生，會跑來敲門，我就讓她睡客廳沙發。

這個無人查夜的便利，讓我找到一份賺零用錢的工作。學院對街有個「大學客棧」，地處鄉下，平常沒人下榻，專做週末男孩子來荷院探望女友時的住宿生意。每到週日下午便門可羅雀，店主想回家休息，便找我代看一晚，算一天工錢。我做了半年的旅店伙計。

希區考克不開伙，我們三餐都到宿舍對面的學生宿舍餐廳用餐。沒有舍監，九名研究生成了化外之民，吃不吃飯沒人管。我早餐從不問津，但熬夜還是要煮東西吃。我們之中有個雅典來的叫薇姬，笑容比蒙娜麗莎還迷人，她和餐廳的希臘主廚攀同鄉，走私了很多罐頭食品，宵夜就不愁沒東西吃。

週日的午餐我也很少用，舍監要求梳裝打扮，我怕麻煩。有一回，我忙亂中忘了穿絲襪，在客廳等候進餐時，老舍監銳利的眼光在我腳下來回逡巡了一陣。我當時窘得好像自己赤身露體被人撞見了一般。

七姊妹院校有「貴族學校」之稱，學生多來自富裕家庭，嬌生慣養之餘，對伙食十分挑剔。有一次舉行「罷吃」，抗議牛肉少過豬肉。美國學生找我響應，當場被我拒絕。

「你們如果為了肉吃太多、太浪費而罷食抗議，我一定參加。」

罷食那天，我和幾個外國學生都照吃不誤。

我們研究生裡，僅兩位是美國土生土長的，其他來自南美及歐亞非洲，大家都能和睦相處。外國學生彼此都是離鄉背井，更是一見如故，親如姊妹。這倒不意味著絕無意見衝突的時候。

有個黑裡俏的印度學生，長得小巧玲瓏。她愛美也相信印度服裝最美，大雪紛飛的日子仍穿裸肩露臍的沙麗，看得我牙齒打架。她本來跟我很要好，直到有一回因中印邊界戰爭才吵起來。她罵中國窮兵黷武，我聽得刺耳，忍不住譏笑印度像個好哭的嬰兒，氣得她直翻白眼。還有一回聽她誇耀一個未婚的叔父，這人游手好閒，還用了三十五名僕役侍候。我知道印度有種姓制度，但如此奢華也太誇張了，不禁憤憤然。

「你們印度怎麼富強得起來？」我脫口而出，「除非實行共產主義！」

她聽了好幾天不理我。

我們這些年過二十的女子，熱門話題常圍繞著愛情打轉。那年頭，誰收到一封情書便要奔走相告。埃及來的帕翠西亞身材修長，膚如白雪，又愛塗脂抹粉，一頭濃密的黑髮挽成高髻，像煞伊麗莎白扮演的埃及豔后。她是打定主意要來征服美國男人的，偏偏老家的男友緊追不放，常掛電話來糾纏。電話來了，她會懊惱；沒電話又惶惶然，大家只好以「天下男人本負心」來安慰她。

薇姬自稱獨身主義者，見大家為情發痴，會邊唱「星期天永不應召」的電影主題曲，邊跳希臘舞來娛樂我們。她不喜歡美國男孩子，嫌他們「永遠長不大」。妙的是，一年後她搭機返國，一位美國生長的遠親到機場送行，竟一見鍾情，趕搭下班飛機追到雅典，不久結了婚。

我來自台灣，那裡四季草木茂盛，對自然界變化不敏感。住到四季分明的新英格蘭，才品嘗到「冬天來了，春天的腳步已不遠」的企盼心情，也發現了外界影響內在的種種微妙關係。不經歷那光禿蕭索得一眼望不到盡頭的冬野，怎能感受乍見番紅花掙脫殘雪，冒寒報春的一份驚喜？我開始對花木感到好奇，觀察不夠還要找書印證。十八年後回歸家鄉，即參加荒野保護協會並投身大安森林公園的義工解說組，想來這份興趣應是萌芽自新英格蘭的求學日子。

那年冬天，希區考克有幾個女孩子抑鬱寡歡，甚至茶飯不思，還勞駕醫生給抗憂鬱的處方。然而春來柳枝一開始抽芽，埃及豔后便宣布逮到一名麻州大學的男生。等到丁香花開成心結時，印度姑娘也有了男友；她約會歸來一披露，喜得大家奔去擁抱她，又喊又叫地瘋成一團。好事不是她倆的專利，畢業典禮時，大家都喜形於色；眼看要分道揚鑣了，個個內心充滿了幸福的憧憬。我在台北第一女中待了六年，台大四年也交了不少知心女友，但都不曾像這樣九個女孩子朝夕相守，神魂顛倒地生活過。這段經驗算是空前絕後。

寫到這裡，想起了查理。

荷院這一帶，除了麻大，幾個私立學校都是男女分校。為了開展社交，學校每年都安排一兩個「大週末」，舉行音樂會或舞會，歡迎方圓百哩內，如哈佛和耶魯這些長春藤聯盟的學生來參加。有一回碰到我們學校要舉行這種活動，一個美國學生問我要不要一個「盲目的約會（Blind Date）」。據說有一批耶魯男生要來玩，少了一名女伴，慫恿我接受。

「你太用功了！」她勸我，「應該及時行樂，放鬆一下身心嘛！」說的也是，加上好奇，我當即答應了。真的是盲目，除了知道他叫查理，其他一無所知。

過了兩天，同學跑來問我：「你給查理訂了旅館沒有？」我莫名其妙。一問才知這裡的規矩是，女方請男方來玩，必須負擔對方的膳宿費用，包括舞會等入場券。當然，如果耶魯有人請我們，也會如此招待。我驚嘆自己未曾入境問俗，如今騎虎難下。算算一日三餐加入場券已十塊錢出頭，再加上旅館，二十塊跑不掉，這數目對我可是個大負擔。

「大學客棧早預訂一空了，」同學給我出主意，「你找附近的人家，租或借一個房間給查理過夜也行。」

我想爽約，一時又臉皮薄，只好硬著頭皮去找房間。

學校附近我只認識一位本校德文系的退休老小姐，家中確有空房。她是朋友介紹的，曾請我去她家吃過一次飯，態度十分親切友好。我把情況說了，希望她能讓我的客人借住一晚。不料她一口拒絕。據說這種大週末是她生財的機會，借住一晚要三塊錢，短一毛都不行。這是我第一次領教了美國人的實用和開朗作風，友誼和金錢劃分得一清二楚。

「你中了美國人陳規陋習的毒了！這些女孩沒幾個是正經八百來念大學的，還不是想釣個金龜婿！」她還訓我：「你不遠千里而來，所為何事？專心念書才是正道哪！」

她的意見我並不全然同意，但當時卻給了我推掉約會的勇氣。

釣金龜婿也者，其實是公開的秘密。荷院舉行畢業典禮時，各地的校友紛紛趕來，按畢業年代排隊遊行；每個年級的代表還高舉牌子，上面大寫標出那一屆的成就。我就看到一位白髮如霜的老太太在隊伍中昂首闊步，她的牌子寫著「我們嫁了一打哈佛的丈夫」。靠近六〇年代的牌子，才出現職業婦女的成就，這都是時代進步的反映。

八〇年代中，我曾有機會重訪曼荷蓮，校園依稀舊貌，但是風氣已大為開放。我那年代的學生是「兩耳不聞窗外事」，除了書本和約會，其他如政治和社會全無動於衷；作為六〇年代標誌的反越戰運動，此地無人過問。但八〇年代就不同了，學生熱衷於女權運動，個個以「新女性」自我標榜。當年的酒禁和宵禁，這時或取消或無人過問。有人請男友來過夜，識相的室友便捲了被蓋到走廊打地鋪；不在乎的則紋風不動，數人同房也相安無事。以前還發生過男客錯闖女廁所以致女生嚇昏的事，如今女廁常有男士穿插其間，一片太平和睦氣象。

學生也關注環境保護，要求每週一餐素食就是證明。

時代在進步，貴族學校如曼荷蓮能領先潮流，忝為校友也感到榮幸。

東歐三國的啟示

自從蘇聯解體，東歐甩掉共產統治以來，我一直想去走走，好和我居住過七年的中國大陸做個比較。最近參加了旅行團，十天裡走了捷克、波蘭和匈牙利三國，總算有個浮光掠影的印象。雖是走馬看花，有些地方卻是見微知著，因而很有感觸，頗多兩岸華人學習的地方。

比起英法德等西歐國家，東歐的落後早在預料中。捷克卻是例外，予人急起直追並卓然有成的印象；經濟繁榮，民生富裕，顯然是拜工業發達之賜。落後時常和貧窮相提並論，然而波匈兩國的國民所得不算高，卻鮮見亞洲人窮苦的共同現象，亦即髒和亂。

貧窮並不必要和髒亂劃等號，日本就是一例。二戰後日本很窮，我留美途經日本時，有機會走了幾個城市，眼見人民衣服打補丁，然而屋前屋後，甚至暗街小巷，都收拾得一樣整潔。

波蘭是農業國家，人口近四千萬，迭受戰亂的殺戮和清洗，比起西歐堪稱一窮二白，經濟顯然落後於台灣。波蘭的城市和鄉村有不少人住鐵皮屋，屋頂多選擇紅色，屋前屋後種樹、種菜，收拾得很整齊。遠看以為是紅瓦房，近看也不顯粗俗。反觀台灣，城鄉隨處可見鐵皮屋，大小不等，五顏六色，住家、工寮和豬舍難分，門前不清，垃圾亂丟，觀感絕對不同。

常旅行的人說，到歐洲看古堡和教堂，到中國看宮殿和寺廟，可見建築最能反映文化精髓，也是觀光重點。三、四十年前，台灣和大陸都有過經濟困窘的日子，因而蓋了許多簡陋的火柴盒式建物，商廈、公寓和倉庫都大同小異，鮮少花費人力和物力在美觀考量上。大陸閉關鎖國，更是地不分南北，形式簡單劃一，譬如呼和浩特的市政府和南方小鎮的公家機關，外貌可以一模一樣，市容也沒多大區別。大陸建築的求新求美，全是改革開放，因而經濟繁榮之後的事。

東歐國家也經歷過這種勒緊褲帶因而建築簡陋的階段，但據說人民一直有抗拒心態，許多古老破舊的建築都想方設法加以維修保護。甚至全部毀於戰火的城區，人民仍根據照片、記載和記憶在原地重建，五十年來努力不懈，聯合國因而頒獎鼓勵，如今名揚全球，旅客雲集。

東歐人以傳統建築自豪，不分巴洛克、哥德式或文藝復興時代模式，都可以並肩而立，共存共榮。他們追趕日新月異的科技，但是保護傳統也不遺餘力，貴在和諧相處。脫離共產集權十三年來，人們努力鏟除共產時代這種囚房也似的大樓，如今布拉格幾乎看不到痕跡，而波匈也僅殘留了一批。我們驅車經過郊區，看到一堆擠在一起的公寓大樓，十分眼熟，台北郊區的山上，不多是這種拔地而起的公寓樓嗎？不同的是，人家樓房蓋在平地上，我們則是鏟掉山坡來蓋，多一份危樓的恐懼感而已。

台灣以將要落成的「台北一〇一」為傲，它像一根竹筍矗立於台北東區。追求新潮和高度是我們的建築標竿，這幾年才有人想到要維護古蹟和老建築，然而半個世紀來缺乏規劃，台北市已是大雜燴格局，要脫胎換骨還需一段時日。

共產黨是無神論者，在中國大陸囚禁牧師和神父，大肆驅僧毀廟，僅有十分著名的古蹟寺廟方能倖免於難。毛澤東主導的「文化大革命」年代，在「破四舊（舊文化、舊思想、舊風俗和舊習慣）」的口號下，進一步連古蹟都當「四舊」加以摧毀。廣州市原有唐朝詩人張九齡的書法碑，被打得粉碎。曲埠的孔廟，塑像和碑林也遭殃，八〇年代才加以黏補並重修。

在歐洲，同樣是無神論的共產黨人，卻能把教堂視為文化遺產加以保留。我十年前去過莫斯科和聖彼得堡，教堂都完整如舊。我曾站在一所數百年歷史的古教堂外，發現它有一些彩繪玻璃和掛飾，幾乎踮腳伸手就可以碰到。若是在台灣或大陸，我可能想得悲觀些，這些可能早已失竊。

差別在哪裡？我想是華人不夠重視文物，自己摧毀自己的歷史。

保存文物不能靠口號，它依賴長年累月的教育和文化薰陶，換言之，依賴人民的整體素質。東歐三國的天然風景，其實比不上台灣（波蘭全是平原，簡直談不上風景），然而對外開放以來，旅客數目節節上升，且前途看旺。四面八方趕來看宮殿、古堡和教堂，憑弔歷史和古蹟，可見主要賣點是文化。文化如酒，越久越醇，以此為主軸的旅遊業才能保證歷久不衰。

旅遊是無煙囪工業，世界各國越來越重視，既能宣傳自己，又能創造就業，銀錢滾滾而來，堪稱一舉數得。台灣政府已經注意到這個趨勢了，剛派出一個觀光招商團赴美國，花費達四千萬元之鉅。如果想通了文化是主要賣點，其實這筆錢應該花在國內，加強環境整治和文化建設，這樣才能吸引客人，而且讓客人願意一來再來。故宮的寶物是國際公認的無價文物，我們該努力宣傳才好。

文化包括保存和建設，保存著重在「加法」，即尊敬歷史的客觀存在，不輕易偏廢且多多益善。國民黨剛到台灣時，一味地鏟除日治時代的文物，顯然氣度不夠寬厚，缺乏自信和遠見。往事已矣，來者可追，今天千萬不可反其道而行，譬如一味的「去中國化」。台灣得天獨厚，佔了高山大海的有利條件，應該在漢人傳統的基礎上發展多元文化，由於族群眾多，文化必然豐富燦爛。這樣醞釀的多元文化將是一缸美酒，芬芳無比，在國際觀光業上可以獨樹一幟，保證無往不利。

發展觀光是舉國以赴的事，希望大家共同努力。

認真對待「京都議定書」

旨在降低全球溫室氣體排放量的「京都議定書」，從二〇〇五年二月十六日開始生效了。這項公認為有史以來最重要的國際環境公約，攸關全球華人，尤其是海岸兩岸，我們必須鄭重對待並計畫因應之道。

有人以為，中國以「開發中國家」自處，沒有簽字，而台灣又因為缺乏正式國際地位，成為唯一「非締約國」，兩岸大可置之不理。這是大錯特錯的想法，在「地球村」時代，國與國、民與民之間都生息相關，已無人能遁逃於天地之間矣。

地球暖化是不爭的事實，科學和實際證據都指明是過度燃燒炭類物（像木材、石油和煤氣等），導致空氣中二氧化碳濃度上升之故。我們從冰川後退、海水線上升（已淹掉南太平洋一個島嶼了）、氣候驟變以致災難頻仍，而且一次比一次突然、嚴重，在在證明是吃了「地球發燒」的虧。

一九五八年，英國科學家卡隆最先提出使用石化燃料會「緩慢增加」大氣中的二氧化碳報告。後來證實，地球溫度會因而緩慢提升，也會改變環境，影響生物，即「溫室效應」。十幾年來，原先經濟落後的國家也競相工業化，「溫室效應」益趨顯著，光是氣候改變就導致災害連連。放任地球繼續升溫的話，會破壞生物鏈（如海水升溫則珊瑚白化，進而魚類減少），人類將無法生存而走上滅絕。聯合國有鑑於危機深重，不得不採取搶救地球的行動，九七年召開世界會議並簽定有具體目標和約束二氧化碳排放量的「京都議定書」，今年二月開始生效。

台灣是小國，卻是排氣大戶

參加簽約的有一百四十國，議定書實際要約束的是三十多個工業國，後者承諾減少六種廢氣。令人遺憾的是，全球廢氣排放量最高的美國，九七年原已簽署議定書，但又以該約不當排除開發中國家為由而退出；換言之，中國和印度不參加減量，美國也不參加。排廢量第二位的日本乘機跟進，也拒絕簽署。兩個排廢大國竟然不參加，這就是慶祝議定書生效時，歐美的環保團體反而舉行抗議活動的原因了。

中國和印度當然振振有詞，美國為首的工業先進國家，百年來以工業和高消費生活習慣污染了整個地球，好不容易開發中國家有機會振興工業了，馬上要求廢氣減量，無異扼殺人家的發展生機。值得注意的是，布希總統雖然拒絕簽字，但也要求工業部門作一些減量措施。當然，美國人不願意改變出門坐車、舉手開電器的生活習慣，相信才是要害所在。日本政府也有類似的表示，也是減少公憤的意思。

台灣雖然無緣參與締約，然而以面積和人口計算，排放的廢氣相當驚人也「傲人」。議定書生效前的最後一次締約國會議上，國際能源總署公布全球廢氣排量的前二十二名，台灣名列第二十二名，佔全球排廢量的百分之一，讓旁聽會議的台灣學者觸目驚心。世界人口六十三億，相對而言我們人口很少，不料竟然是排放廢氣的大戶。大會特別點出台灣，頗有警告意味，我們絕不可掉以輕心。

綠色企業和綠色貿易

台灣並不缺乏有識之士，問題出在做與不做而已。經濟部在一九九八年制定了二氧化碳排放減量的目標，去年結算，不但沒有達成，反而呈倍增結果，行政和管理能力極待檢討。只要想想台灣的能源百分之九十七依賴進口，浪費和污染的雙料後果，其嚴重性思過半矣！

眼看國際環境公約勢將影響各國的政治和經濟發展，我們除了督促自己的政府外，更寄希望於企業界。當今，節約能源、資源回收和再生等「永續經營」觀念漸入人心了，善於求變和創新的企業界，即使僅為了自保，也應在這方面起龍頭作用，中鋼就是一例。

中鋼嘗試從節約能源來達到廢氣減量目的。它先以改造一棟單身宿舍作試驗，從調整空調送風角度、加裝太陽能熱水器、更換省電燈泡、檢討照亮度，並拆掉多餘的電燈著手。不過花費幾十萬元，卻省了兩成六的電費，第一年就把改善工程的投資收回來了。中鋼能，其它企業有何不能？

實行「綠主張」的企業，出於維護商譽，肯定要求交易的廠家也善盡一份責任；著名的跨國企業早在採購規格上列出環保要求了。當承諾減量的歐洲光電大廠要求韓國三星電子也應公平減量時，我們的聯電、台積電、宏碁……能有豁免權嗎？台灣眼看再不能以低價維持產銷優勢了，必須趕緊推動綠色產業和綠色貿易，爭取以最快速度融入世界市場才行。

同樣的情形也會發生在中國大陸，對十三億人口而言，影響至鉅。綠色貿易乃大勢所趨，及早面對才是唯一生存之道。

宣傳教育，人人動手

如何節源減廢，說來千頭萬緒，但教育民眾是根本之根本。譬如「教改」喊了十多年，中小學教科書有沒有把地球暖化和氣候變遷的來龍去脈編進去呢？歐洲、日本和韓國都這麼做了。孩子從小教育他愛地球，習慣成自然，比成人再改正惡習要容易得多。

多數人對環保相當耳熟，要強調的是即時動手，從個人身邊做起。譬如隨手關燈，拒用免洗筷，做好垃圾分類和資源回收……，這些都是知易行易的事。盡量用再生紙：根據研究，回收一噸紙可以讓十七棵樹免遭砍伐，而保留的樹可以清化空氣，涵養水土水質，使動植物受益，最終保護了地球，也保護了人類。

「京都議定書」生效是全球大事，我們個人能做的是小事，但都是好事。勿以善小而不為，要救地球就靠你我他。

——二〇〇五年　《源》雜誌

為地球降溫，兩岸加把勁

親愛的讀者，您看過今年奧斯卡金像獎的紀錄影片《不願面對的真相（An Inconvenient Truth）》了嗎？它是前美國副總統高爾製作，以大量圖片和數據來闡釋地球暖化的嚴重性，極具說服力。自從春天在台放映以來，觀眾備感震撼，開始把周遭環境的變化和地球暖化連繫起來：二〇〇六年是全球公認有史以來最熱的一年，但今夏台北和廈門已創半世紀高溫，美國加州乾旱破紀錄，而重慶降下百年豪雨……如此水深火熱，誠觸目驚心！

筆者和大陸媒體界人士談起高爾的紀錄片，全都一問三不知。地球暖化？當然知道，但離現實生活太遙遠了，毫無緊迫感。中央電視台報導過暖化現象，可見有認識但宣傳不力。中國政府限制工廠排污，但天空烏煙瘴氣、河川變色或乾涸仍處處可見，顯然督導不力。

「地球在暖化」是不爭之事，歐美等先進國家已開始各種因應之道，而兩岸無甚作為，怎不令人憂心忡忡？台灣忙於政治鬥爭，大陸忙於建設（同時破壞生態並製造污染），大家都以未簽署減少二氧化碳排放量的「京都議定書」而掉以輕心，殊不知它攸關台灣和大陸也即全體中國人的生存，茲事體大矣！

很多人以為南北極冰川的融化、海平面上升、小島被淹沒……這些事對我們相當遙遠，然而我們不多的邦交國之一，南太平洋的吐瓦魯，很可能要因海水持續上漲而亡國，能說事不關己嗎？

世界末日快到了？

若說近年來氣候變遷之劇烈和頻繁，相信人人都有切身感受。熱浪、豪雨及乾旱此起彼落，譬如原應綿綿細雨的黃梅季節，竟然暴雨成災，一切反常了。如今是「地球村」時代，往往牽一髮而動全身，譬如澳洲乾旱，台灣的奶粉立刻漲價，而對付炎炎夏日的冷氣開支，讓大家荷包緊縮，例子不勝枚舉。

氣候變遷還導致疾病孳生和傳播，那更讓人憂心忡忡。以前住高樓不擔心蚊子，現在照樣肆虐，動輒是登革熱的威脅。許多聞所未聞的疾病紛紛出籠，像禽流感就變來變去，越南有些染此病的鴨子並未出現禽流感症狀，而埃及的H5N1病毒已有抗藥性了……真叫人防不勝防。

聯合國「跨政府氣候變化委員會」年中提出觀察報告，並預測本世紀末地球溫度最高可能上升攝氏六度，屆時海平面將上升五十八公分，包括紐約、北京、上海等許多城市都可能被淹。報告並說，地球每增溫一度，將有一點七億人缺水，同時卻有全球五分之一人口遭受水災，全亂了套。報告總結，暖化原因以森林消失和二氧化碳排放太多為主，而元凶就是人類。

許多基督徒看了這份報告和相關資料，不禁大叫：「這不就是《聖經·啟示錄》預告的世界末日嗎？」

台灣廢氣排放量名列前茅

既然一切都是二氧化碳惹的禍，那台灣要負其中多少責任呢？

不幸，台灣幅員不大，人口不算多，只佔全球人口百分之零點四而已，每年廢氣排放量卻佔全球百分之一，人均量僅次於惡名昭彰的美國和澳洲，排名第三！更觸目驚心的是，人家歐洲幾年來致力減廢，台灣卻反而在這十五年裡，排廢量成長一倍！再不克制，只怕要被外國群起而攻之了。

我們第一座「國家公園」墾丁，因生態惡化、保育不佳，剛被世界國家公園組織給除名了，地球已經向台灣敲起警鐘了！

台灣浪費能源至為明顯，公車和機關大樓的冷氣常讓人冷得受不了。許多國家禁用免洗筷，但在台灣還觸目皆是；紙杯紙盤外，大小旅館還充斥拋棄式漱洗用具，加上焚燒垃圾產生的毒廢氣，這幾項就落後於歐美先進。

與之相比，中國大陸這方面是只有過之而無不及；京滬兩地還沒執行垃圾分類和回收，起碼落後台北一步。中國以中央集權著名，若政策謀略上發揮「一聲令下」的威勢，相信效果卓著。

減廢有責，否則交碳稅

響應高爾的呼籲，台灣的環保團體相當努力。去年四月的「地球日」和今年六月的夏至節令，台灣都發起一小時關燈活動。區區一小時的關燈旨在提醒大家節約能源，為地球降溫。舉手之勞如換省電燈泡、降低冷氣度數、沖澡代替泡澡、煮東西加鍋蓋（省能源九成）……都能積少成多。回收資源亦然，如回收一公噸紙節省的電力可供一家四口五個月享用，至盼能形成全民運動。

運輸和保鮮成本如今也以排廢計算，奉勸大家食用當地、當季的農作物，這也是對抗地球暖化之道。

少開車能減廢並減少交通擁塞，宜效法倫敦和新加坡實施「市區收費」制，對開進市區擁擠路段的車輛收費，以補貼搭乘公交車者。同時廣建安全步道，鼓勵「零污染」的步行和自行車騎者。大陸汽車多如過江之鯽，污染且耗油，若不思減量控制，光是石油就會面臨被人掐住脖子的窘境。

繳費如繳稅，使用者付費是天經地義。歐盟國家正推動「生態稅」制度，鼓勵民眾購買節能的器材以便抵稅。一些覺醒人士，對自己旅行或辦事造成的廢氣，現在開始以種樹來彌補，即繳「碳稅」。

有見識的企業家紛紛改建廠房或設計「綠色產品」；為了「永續經營」，少用或不用無法再生物，多用可重生或對生物圈不會造成損害的資源。麥當勞早在九〇年代即換掉包裝漢堡的塑料盆，改用可回收再生的紙盒；可口可樂把玻璃瓶縮小以節省運輸費用……例子不勝枚舉。

為了貫徹「綠色產品」，品牌廠商會拒絕沒有綠色標籤的零件，屆時台灣和大陸不夠環保的工廠將面臨抵制，損失必十分慘重，不可不未雨綢繆。

華僑對減廢貢獻卓著

台灣科技發達，只要有決心，減廢一定做得到。我們不但要達國際要求，洗刷浪費的惡名，最好還能超越標準，讓世人刮目相看。譬如台灣多山，如何推動風力以取代核電，應是可以發揮的課題。

王永慶十幾年前就在住家樓上進行「水耕」了，最近紐約才開始有「水耕駁船」，利用太陽能和玻璃房就地產銷，說明台灣人的創意領先了潮流。

燃燒石油既暖化地球，本身也有告罄之日，尋找替代能源是當務之急。生質能源作物如玉米和甘蔗已證明可發酵並提煉成乙醇做燃料。杜邦在美國田納西州的工廠，去年就利用玉米運出八十五節火車廂的生質聚合物。問題是，如此可能造成食物危機，今年墨西哥就因玉米漲價而發生暴動。南美已有大片森林被鏟平，改種生質能源作物了，有識者不禁疑問：可以砍左手來補右手嗎？倒楣的是第三世界人民嘛！

最近有位曾在台灣念過大學的美國華僑何博士（Nancy Ho），發明用樹葉、稻草和廢紙變出乙醇的方法，筆者認為她該得諾貝爾獎。加拿大科學家已利用她的發明，從麥稈提煉出乙醇了。

以王、何為榜樣，兩岸只要有心，減廢做貢獻一點都不難。

——二〇〇七年九月　《僑協雜誌》

哥本哈根峰會，雷聲大雨點小

因應全球氣候變遷加劇，並庚續「京都議定書」精神，乃有去年（二〇〇九）十二月七日到十八日的哥本哈根高峰會議。一一九國領袖參與，包括美國歐巴馬總統和中國溫家寶總理，巨頭崢嶸，盛況空前，允稱「世紀之會」。

全球大城市也不後人，首長也趕來展現、推銷自己「永續經營」的績效。中華民國由環保署組成代表團，和台北縣長周錫瑋等，在雪花飄揚中苦候幾小時才完成報名手續。各國ＮＧＯ和環保團體更傾巢而出，冒著酷寒排長龍好擠進會場貝拉中心。僧多粥少，每六人才分到一張入場票，其餘只能在場外擺攤宣傳。為了呼籲減（少）排（碳）救地球，風雪當頭也沒人當縮頭烏龜，慷慨激昂之情，遠超過場內的演出。

諾貝爾獎得主也不甘人後。肯亞的馬塔伊、南非的圖圖主教、美國前副總統高爾和現任總統歐巴馬都拿和平獎，美國能源部長朱棣文則是物理獎得主，他們現身會議，旨在強調對全球暖化的關切和重視。

高峰會前的「暖身」活動也很驚人：馬爾地夫表演「下海」，總統率官員潛入海中開會，昭告海水淹國的緊急性；尼泊爾表演「上山」，內閣官員身背氧氣筒爬上五千二百五十米高峰開會，警告人類面臨「氣候難民」的危險性。

會議進行中，更有全球一百三十個城市舉行連鎖示威，包括台北市火車站前於十二日正午出現「急凍人」表演，呼籲「搶救地球」的全民共識。

至於會議期間，場內為減排量吵成一團，場外的環團幾度衝突封鎖線想進入吶喊助威，導致幾百人挨棍、手銬，兩百多人被捕，下雪的丹麥一時火氣衝天。

大難當頭，利益擺中間

幾十億人注視這場領袖高峰會議，莫不期待它能作出影響地球和人類前途的會議結果。然而十二天的馬拉松會議，最後還挑燈夜戰到凌晨三點，但趕出來的草案卻乏善可陳，小島國氣得跳腳，歐盟諸國也不滿意，環團的失望更不在話下。

這場峰會，不可避免地分成發達國家（如歐美日）和開發中國家（如中印巴西及窮小國家）兩大集團，他們各擁美、中為首腦，彼此較勁。尤其牽涉到公平性、金錢利益和國家發展，富國、小國和窮國都各有算盤，大會其實變成了「節能滅碳要付多少錢」的討價還價會議。

焦點議題之一是減排量的設定。美國承諾在二〇二〇年將排碳量降到比二〇〇五年少百分之十七；以中國為首的開發中國要求美國加倍即減至百分之三十四。溫家寶堅持因應氣候變化要「共同但有區別的責任」原則，意指美國等富國應對減排負更大責任；同時主動承諾中國要在二〇二〇年把它降到比二〇〇五年少百分之四十到百分之四十五，但「不接受國際約束和檢驗。」

如何檢驗承諾？美國務卿希拉蕊表示願資助窮國，前提是「減排受監督」。美國國會也磨刀霍霍，威脅要以關稅規範進口商品的碳排量，即給中國最大壓力。最後時刻趕到會場的歐巴馬，更呼籲各國建立一項「不侵犯主權」的機制，以檢討各國落實承諾，並以「透明方式」交換資訊。如此三管齊下，中國最後軟化，表示願就中方控制碳排放的行動提出解釋和澄清，以回應美總統有關「透明性」的指責。

地球升溫的控制：多數國家希望，二〇一六年時地球升溫控制在攝氏一點五度，否則南太平洋的低海島國將岌岌可危，然而結果以攝氏二度落案。

資助窮國：對最貧窮國家、小島國和非洲國家，每年籌集一千億美元的救助金，直到二〇二〇年。日本、歐盟和美國將於今後三年間分別先提供部分資金。

此外，獎勵森林保護和碳權交易都列入協議。

中國崛起，G2定位

二次大戰以來最大的國際會議，就這樣虎頭蛇尾地走過場了。整個協議只以各國的「認知」落筆，未具任何法律效力。至於長遠目標和諸多沒解決的問題就留待今年（二〇一〇）底將於墨西哥舉行的聯合國氣候變化大會，到時繼續吶喊較勁。

由於中國悍拒國際監督，雖保衛了國家尊嚴和利益，但是備受譴責。西方媒體一如既往地一邊倒，凸出中國為當今全球頭號排碳國的數據。

公道自在人心，溫家寶擺出的事實也不容辯駁：中國有十三億人口，人均生產總值剛超過三千美元，按聯合國標準還有一．五億人口生活在窮困線以下，但是已朝節能減碳努力，制定的各項法規也有目共睹；中國人均排碳量很低，驟然要求和高排量的富國共同承擔減排責任不公平也不合理。

總理堅持的「減排，共同但有區別的責任」原則，完全說到窮國人的心坎裡去了。印度人均排碳量是每年二噸，相比美國人的二十五噸，能講齊頭平等嗎？

中國這回對抗美國，沒有口出惡言，卻讓美國感受了壓力，只好彼此妥協。這場超大國際峰會的召開，奠定了中國和美國是當今世界雙強；只有中國能對抗美國，代表窮國說話；世界大事沒有中國拍板就辦不成——君不見，大會開了整十天，公開或秘密做成了許多議案，等中美領袖一來，一切重新洗牌！

上世紀末大陸有一本書《中國可以說不》，一時洛陽紙貴。如今，中國不必說「不」，只要保持沉默並堅持不作為，已足可左右世局。當然，中國的壓力和承諾成正比，絕不輕鬆。

節能減碳，漸受世人關注

高峰會雖未能達成環團的願望，但透過媒體宣傳，地球和人類面臨的危機已進一步昭諸天下，有心者莫不聞言起行，旨在自救救人。就在哥本哈根大會閉幕日，包括郭台銘、林百里和嚴凱泰等企業家齊聚台北，為贊助《正負2℃》紀錄片的製作召開記者會。紀錄片要從八八水災出發，仿美前總統高爾的紀錄片《不願面對的真相》，呈現出「台灣觀點」的氣候變遷紀錄。

紀錄片策劃人陳文茜強調，每當海平面上升一公尺，台灣就有百分之十一土地無法使用，攸關「生存問題」，豈容掉以輕心！

台大氣候變遷中心柳中明主任提醒國人，台灣、越南和孟加拉等國，已被聯合國列入可能是全球第一批氣候難民的名單中。

想避免當難民？趕緊加入節能減碳的陣容吧！

——二〇一〇年一月　《僑協雜誌》

嗜食野味之風不可長：吃補會吃掉中華文化

去年底，台灣林務局以「試辦」為由，開放丹大山區供原住民狩獵十二天，立即招致環保人士的強烈批評。「關懷生命協會」等動物保護團體，紛紛舉行記者招待會，上電視辯論，並在網路上展開反狩獵連署等一連串活動。

佔地十萬公頃的丹大林區在南投信義鄉內，為台灣十大重要野生動物棲息環境之一。政府原要規劃它為台灣唯一「全民參與」的狩獵區，理由有二。其一是照顧原住民的狩獵傳統和祭典需要，由他們當「生態嚮導」，帶著觀光客做「生態旅遊」，一起捕捉動物；其二是山區盜獵行為猖獗，難以遏止，不如適度開放以便管理。

不可助長「食補」歪風

難以遏止盜獵就要開放狩獵嗎？理由太牽強了。政府迄今也難以杜絕吸毒、販毒、販槍、雛妓，難道也跟著要開放毒品、槍枝和雛妓交易嗎？道理不言而喻。

說到「傳統」，原住民的狩獵工具如今以槍彈為主，並非以往的刀箭，是否「傳統」也值得商榷。時代變了，傳統理當順應潮流，這也是全民共識。

環保人士最擔心是，開放狩獵會造助長「食補」歪風，對山林的野生動物將「竭澤而漁」，破壞了生態平衡，那可就害慘這塊土地了！我們台灣就是一個島，動物活不成，我們也活不好，豈能不愛惜牠們呢？動物保護和環境保護乃相輔相成的事。

台灣人好吃，尤愛「進補」，一年四季可以補個不停。一旦開放狩獵，可以想像所有山羌、果子狸……必將遭殃。到時原住民和觀光客變相成為山產店的提供者，也不必遮遮掩掩去盜獵了，後果可想而知矣。

除了進補，台灣人也勇於吃藥，以為「有病治病，無病健身」，忽視藥本身也是一種「毒」，可能有副作用。紅豆杉枝葉提煉的紫杉醇有抗癌療效，這是醫界共識。最近民間忽然興起購買紅豆杉樹幹，削皮熬成湯喝，以為可以抗癌健身。哄抬之下，一斤賣到三千元。已有人花大錢，直喝到胃出血才知後悔。樹遭環狀剝皮後必死無疑，若不趕緊導正，只怕這種保育類植物也會被盜伐光。

華人食補文化源遠流長，尤其迷信野生動物的藥效，於是虎骨、熊膽、鹿鞭、燕窩……都難逃華人的五臟廟。為了進補，我們可以「上窮碧落下黃泉」，到處搜括，早已惡名昭彰。許多珍稀動物瀕臨絕種，其實原因眾多，但因華人吃相難看，竟成眾矢之的，使全體華人蒙羞，我們應該深刻反省，奮力改善才行。

囚熊取膽太殘酷

英國「世界動物保護協會」的成員，經過深入調查，近年發表了〈亞洲熊場對動物行為醫療及福利之影響〉報告。報告指出，中國熊場囚禁七千多萬頭熊，南韓和越南也有圈養；人們利用永久植入熊膽囊內的套管或組織瘻管，來抽取膽汁，使得囚熊長期處於痛苦、虛弱和病態中，十分殘忍。

動保人士呼籲：「已經有合成藥品可以取代熊膽，不該再讓動物受煎熬了！」

傳統中醫視熊膽及汁為涼性藥，可治發燒、發炎以及肝、心臟疾病。感謝醫藥研究，目前已研發了一百多種植物和家畜副產品，都具有類似熊膽及其膽汁的退熱和消炎作用。十年前，日本已成功利用牛膽合成有效的藥用成分，至盼能早日量產化，好讓熊脫離苦海。

唾棄海鮮文化

筆者希望，因丹大山區禁獵而喚醒的動保意識，能進一步端正並提升台灣的飲食文化。我們四周環海，應努力發展海洋文化，在飲食文化上有所建樹才是。然而以目前奢侈浪費、甚至特立獨行的吃相，許多地方已偏離文化內涵，凸顯的怕是「海鮮文化」而已。

台灣的「一窩蜂」現象，拜媒體發達之賜，更加登峰造極了。然而一旦炒過了，往往就是滅絕沉淪的下場，鮪魚就是一例。每年三月是黑鮪魚季節，十一月則輪到白鮪魚報到，兩者切出的生魚片，都軟滑可口，誠人間美味。可惜我們不知愛惜和節制，更經不起包括總統「鮪魚肚」的「促銷」，如今漁場幾近枯竭，魚的體形也越來越小了。五十年前，白鮪魚的年漁獲量是六千噸，現在僅兩百五十噸，以往的百分之四而已，落差能不令人觸目驚心！

反對丹大山區狩獵的抗爭，進行了一個多月，即獲得政府善意回應。元月中旬，林務局宣布放棄繼續試辦狩獵的計畫。環保界除了為林務局的改正決策喝采，也為台灣人權的提升雀躍不已。陳水扁首任總統時，就以「人權治國」自許，台灣人權狀況也一直接受世界人權組織的觀察和紀錄。能夠具體保護動物，公認是人權實踐的昇華，意義的重大可想而知。

台灣的節慶文化離不開「吃」的鋪張，也必包括政府首長的參與，目的是營造高潮，以利觀光推銷。既然吃是重點，建議政府高官在飲食文化上帶頭倡導新風氣，首先是遏止奢侈浪費。

上個世紀的八〇年代，政府曾倡導六菜一湯的「梅花餐」，由於沒有後續推力，竟淪為「梅開二度」的十二道菜，最後無疾而終了。那還是台灣經濟起飛到頂的年代，當時的高層尚知有所節制；現在經濟連年下滑，失業率高，治安敗壞，人民的「頭家」更應有所警惕和作為才是。

其次，我們要提升吃的水平，包括優雅的環境和禮儀。現在不少新開的餐飲店，都以美麗庭園或藝術裝飾招徠顧客，已具備硬體建設的概念了。至於禮儀，那是文化內涵，只要全民有心，假以時日必卓然有成。

改善餐飲內容也不可或缺。中華料理重口味，多油鹽，我們若能反其道而行，更在傳統美食上注入健康意識，「推陳出新」，必能打造出新世紀的「海洋飲食文化」。

環保才是生態旅遊的保障

觀光局推動「觀光客倍增」計畫很久了，但成果並不如預期。近來「生態旅遊」又朗朗上口，建議換個腦袋來思考其內容。以台灣多彩多姿的地理環境，從亞熱帶、溫帶到高寒地貌，高山大海兼具，不過缺個沙漠而已，如此得天獨厚，本身便是難能可貴的「生態旅遊」場地。只要我們好好保護環境，加上健康可口的海洋料理，保證近悅遠來，觀光客「不倍增」也難！

以狩獵招徠旅遊，已證明是落後行徑，而且是「反生態」，東非洲就是例子。

早在一九二八年，被視為「蠻荒」的東非就有「以照相代替獵殺」的永續生態旅遊觀念。一九八九年，肯亞的國家公園警察被授權，可以槍殺盜獵犯，結果常演出警匪格鬥的血腥場面。經過四年奮鬥，根據一九九三年的統計，僅是大象的盜獵數目就減少了「九成九」之多！可見照相和武裝保護起了作用。豐富和多樣化的動植物資源，吸引了全球各地的旅客，公園門票大增，觀光竟成了肯亞最重要的國庫收入之一。

「第三世界」的非洲懂得「生態旅遊」和「永續經營」，創造過經濟和民主雙奇蹟的台灣，豈可不知效法？

不能再「吃補」下去了，不知節制，終有一天會吃掉中華文化，也吃掉華人的尊嚴，損失將無與倫比。

——二〇〇五年二月《僑協雜誌》

一個不嫌少，生女兒更好

為了提高台灣的生育率，政府不惜祭出百萬元獎金，鼓勵大家設計一個富有震撼力和誘惑力的口號，著實用心良苦。然而從環保出發，著眼點可能不同：沒有節制地生下去，這塊土地會承受不了；與其獎勵多生，不如鼓勵優生。

走過一甲子，台灣經歷起起伏伏的人口政策。日本領台後期，據學者分析，台灣的理想人口是六百萬，極限為八百萬。國府遷台後，人口應該夠這個數目了，但為了「反共抗俄」和「收復失土」，乃鼓勵大家「增產報國」；有先見之明者如蔣夢麟曾提倡節制人口，還受到打壓。知道反攻無望後，人口已呈擁擠，於是「一個不嫌少，兩個恰恰好」的口號出籠了，計畫生育蔚為國策。如今人口已爆增為極限的三倍，但因老人數目直線上升，生育率又屢創新低，政府又急著恢復「增產」的國策。

女人不生，因為養不起，年輕人甚至怕結婚，都和經濟環境惡化有關。如果不從源頭解決問題，一味地獎勵生育，有可能造成弱勢族群如貧窮、智障者無限生產，很可能形成惡性循環。

福利政策常被濫用。在美國曾遇到一對同居的黑人男女，女的已生了四個不同父親的孩子，當時又懷著男友的孩子，全家靠政府的兒童和低收入戶補助款生活。希望台灣不會出現類似的現象。

政府鼓勵多生的理由，不外「人口老化，將來會人力不足」云云。許多「不足」可以靠調整思維來解決。隨著科技進步，人力的需求正逐步降低，很多工作被機器取代。老人也是一種「人力」，豐富的經驗甚至無可取代，盡管去挖寶就是。老人的定義也要調整。美國在上世紀己把一般退休年齡提到七十歲，但台灣的公務員還有「工作滿二十年」即可退休的條例，其實浪費公帑。我在大安森林公園晨運，總看到一位身材挺拔、體態健壯的退休警察長官繞著公園轉圈走，令人有「浪費人材」之嘆。

人力政策宜有前瞻性，譬如我參加的「台灣銀髮族協會」，五十歲就能入會。五、六十歲是「前老人」，要服務七老八十的；超越「古來稀」者，只要手腳俐落和頭腦清楚，照樣當義工，個個笑口常開。老人活得健康快樂，可以節省很多醫療資源。若善加宣導並推廣「行前準備」，能免去苟延殘喘又痛苦不堪的氣切、插管、鼻飼……，那樣更符合人道。

真要補助生育，不妨獎勵生女嬰，以擺平迄今重男輕女以致性別失衡的現象。古今中外，女性都是老人照護的主力，絕對多生有益。呼籲女同胞，生育還是量力而為，一個不嫌少，生女兒更好！

——二〇一〇年三月二十九日《聯合報》

男人時代會結束？

「瞧，我孫女多可愛！」在一個婦女聚會場合，有個朋友歡喜地炫耀一張嬰兒滿月的照片。

想當年我念北一女，到同學家玩，其母對丈夫低聲下氣，對婆婆更加抬不起頭，都因「生不出兒子」。僅僅半世紀，「弄瓦」已不輸「弄璋」，誠可喜可賀。然而衞生署剛公布醫院接生紀錄，懷疑〇九年有四千名女嬰「人間蒸發」，而台灣性別失衡仍居全球第九高，僅次於中、印和越南，還有待國人繼續努力。

朋友以女嬰為傲，可算趕上國際潮流，蓋婦女地位提升乃全球趨勢，歐美尤然。剛出版的美國"Atlantic"月刊有篇Hanna Rosin的文章〈男人時代結束了〉（*The End of Men*），題目很誇張，但數據倒能支撐她的觀點。以美國二〇一〇年為例：年初，女性就業人口首次超越男性，女經理人數猛增；男女大學畢業生比率為二比三；人工「訂製嬰兒」，男女選擇為二比三（個別時段，要求女嬰曾高達百分之七十五）；女性對自己滿意與否不盡相同，但都寄望「我女兒會過得比我好」，信心十足。經濟動亂的國家會選出女性以領導國家走出困境，譬如去年冰島就選出史上第一位女同性戀總理，其競選口號是「結束睪丸時代」！

說來也不難明白，當世界不再以刺刀和槍砲比輸贏，而改以經濟作競爭時，女性便多了揮灑的空間。她們走進太空，可以承辦幾乎所有男性的行業。女子外出工作還可以雇人打理家裡，等同創造另一就業機會，更是良性循環。

「柔能克剛」，商場和外交都需要耐力，這正是女性特長。短短幾年，希拉蕊就當上美國第三位女性國務卿，還帶動全球女性拚外交。二十年前，華府僅有五位女外交官，如今有二十五位駐守，呈五倍數成長。

自有人類，幾都是男人掌大權，但這幾年改變迅速，主要是文化和經濟互為因果。南韓四十年前還是男性社會，女人不生兒子會受虐待，殺女嬰時有所聞。後來出於經濟需要，鼓勵女子出外工作，走向城市和大學。接著法律改變，允許女人擁有子女監護權和繼承權。二十五年前，女人都說「一定要生個兒子」。甫入本世紀，只剩百分之十五抱此觀點。專家學者發現，女性地位高的國家，經濟都很強盛，南韓國力的變化是很好的佐證。

男女平等了嗎？就業人口即使超越男性，但工資還落後百分之二十左右，「革命尚未成功」也。眼看未來是科學主導一切，但科學之源的數學系，美國女生的就學率卻下降中，因傳言「聰明的女生難以約會」，顯然文化扮演了殺手。聰明的女生，小心因應喔！

——二〇一〇年六月二十一日　《聯合報》

家庭主婦萬歲

一九六〇年代，外文系一位女同學留美，獲得碩士即結婚，迄今沒出門工作過。八〇年代見到她，兒女念大學了，她繼續相夫持家，閒時到醫院做點義工。據說丈夫薪水足以養家，要她「少在外面折騰」。

印象深刻的是，她面對一批奮鬥有成的同學殊無自卑感，照樣談笑風生。我們這些職場拚得傷痕纍纍或長年搖旗吶喊男女平權者，反倒安慰她：「家庭主婦也是一項職業，我們現在把housewife改稱homemaker，對社會一樣有貢獻啦！」

前幾年她返台省親，真叫駐顏有術，丈夫也被照顧得一副健康長壽相。談起來方知不但兒女得博士，連孫輩也進了長春藤大學，令人羨慕。

我問她：「你女兒外出工作嗎？」

「當然！」說著嘆了口氣。「年輕一代覺得受高等教育不出去工作是浪費資源。她們職場和家庭雙肩挑，其實身心備受煎熬，好在很有成就。像我這樣，女兒很感謝我為他們犧牲奉獻，但心裡肯定認為是落伍、老古董呢！」

她以為，當家庭主婦既是一種職業選擇，理當計價，算出對社會的貢獻才對。早有人算了：男人若娶了家佣為老婆，因不必支付薪酬，結果降低國家毛產值GDP；女人自己哺乳沒收入，若買奶粉餵食，奶粉導致GDP增高。家務計酬在歐美可從離婚判決見端倪，如美國加州採財產平分。台灣的算法：全職主婦類十項全能（妻母炊洗……），月薪可值十萬台幣呢！

進入二十一世紀，全職主婦漸成稀有動物了，北歐特別明顯。那裡婦女就業率最高，社會福利最齊全。男人樂得拿育嬰假，餵奶、推嬰兒車者，隨處可見。最近，有位瑞典記者想追溯本世紀的父母角色，需要訪問家庭主婦，發現竟如鳳毛麟角，她們還羞於接受採訪，怕被恥笑。瑞典原有個「家庭主婦協會」，早已改名為「婦女和家庭協會」了，成員由六萬降到五千！

婦女平權運動竟導致家庭主婦地位低下？婦女先進們要好好檢討才是。孩子主要是母親教養出來的，自卑的母親能教出好孩子嗎？

日本的教育先驅下田歌子說：「改變社會的就是婦女。為此，首先我們婦女要有所改變。」

怎麼改變？社會固要重視家庭主婦，主婦也要自尊自重，管好家事也關心社會，持續學習（包括電腦、網路），良師良母一肩挑才好。

有記者訪問一個十四歲、荷槍實彈的神學士游擊隊員，孩子父親死於自殺攻擊，母親和自己也隨時準備獻身。

「媽媽說，爸爸已在天堂為我們佔了位置，就等著一家團聚！」

常給白宮獻言的政論家G. Mortensen認為，解決阿富汗問題不用飛機大砲，提供女孩教育才是正道。聽聽這個男孩的話，能不令人深思！

——二〇一〇年八月二日　《聯合報》

光環之下，更該省思

劉曉波獲諾貝爾和平獎引起的感觸

劉曉波榮獲諾貝爾和平獎消息上報後，我去廈門訪友。其間有幸和廈門大學台灣研究院師生遊覽了井崗山，途中談及這次獎項，不少人以政治事件看待。

「擺明了是給中國政府出一道難題。」

打從一九八九天安門事件，即開始聽聞劉曉波之名，「廣場絕食四君子」之一，能堅持民主自由的理念，令人敬佩。二〇〇八年從香港新聞獲知，劉是呼籲政治改革的「〇八憲章」簽署者之一。奈何過了年沒幾天，他就被捕入獄，關押至今。

他是大陸的青年李敖

多打聽劉曉波的思想境界後，不禁想起青年時代的李敖。劉的才情敏思，直爽豪放，和上世紀五、六〇年代的李敖如出一轍，兩人都主張「全盤西化」和「反傳統」。

劉說：「全盤西化就是人化、現代化，選擇西化就是要過人的生活，西方與中國制度的區別就是人與非人的區別，換言之，要過人的生活就要選擇全盤西化，沒有和稀泥及調和的餘地。我把西化叫做國際化、世界化，因為只有西化，人性才能充分發揮，這不是一個民族的選擇，而是人類的選擇，所以，我很討厭『民族化』這個詞。」（引自〈文壇「黑馬」劉曉波——劉曉波答記者問〉，香港《解放月報》一九八八年十二月號）

如今古稀之年的李敖，還會苟同「全盤西化」就是「人化、現代化」的唯一選擇嗎？不必深論，光從地球如此暖化，就能感受「西化」的缺陷。

可能出於「愛之深乃責之切」，劉曉波對中國傳統文化視同仇寇。八六年與李澤厚對談時，曾狂妄表示：「對傳統文化我全面否定。我認為中國傳統文化早該後

繼無人。」（《中國》一九八六年第十期）

也難怪他在一九八八年十二月十二日於清華大學演講時，對著學生蓋棺論定：「中國的文學只有打倒屈原、杜甫才有出路！」

要中國被殖民三百年？

個人最不能苟同的是他對西方「殖民主義」的美化，已達歌功頌德地步。

「從歷史發展的角度看，」他說，「西方近代對落後民族的殖民化是一種進步，殖民化在世界範圍內推動了現代化的進程。殖民化打開了一個個封閉的地域，開拓了一個個商品市場和文化市場，使整個世界、特別是東西方不再相互隔絕，而是相互開放。更重要的是，殖民化把原來只屬於西方人的人權、平等、自由、民主、競爭帶給了世界，形成了國際性的自由競爭。沒有殖民化就沒有世界化、國際化。」（劉曉波〈啟蒙的悲劇——「五四」運動批判〉，刊於《華人世界》一九八九年第三期）

其實未必。鄭和下西洋七次，既無殖民地，也無競爭，卻達到了人貨交流的和平美好境界。有史以來鮮有民族自甘被殖民化，莫不慘經戰爭和流血，起碼也是屠層欺騙，那麼犧牲的是誰呢？

記者問：「什麼條件下，中國才有可能實現一個真正的歷史變革呢？」

劉回答：「三百年殖民地。」

他的理由是：「香港一百年殖民地變成今天這樣，中國那麼大，當然需要三百年殖民地，才會變成今天香港這樣，三百年夠不夠，我還有懷疑……我無所謂愛國、叛國，你要說我叛國，我就叛國！就承認自己是挖墳的不孝子孫，且以此為榮。」（香港《解放月報》一九八八年十二月號）

香港的今天是什麼？富足繁榮又自由吧。但只要稍想一下，這些都因有個龐大的中國大陸提供人力、物力為後盾；若把香港搬到地球另個角落，後果絕不相同。劉曉波以為，港府背後的英母國是自由法治傳統的民主國家，那麼請問，英國殖民香港百年，為什麼不給港人自由選舉權呢？偏偏在「九七」回歸前，突然推動起民主選舉，豈不擺明了要將中國一軍，讓中國措手不及？

不錯，中國初接香港那幾年，對民主操作沒經驗也沒信心，操弄笨拙以致怨聲載道，但是大力支助香港度過全球金融危機，如今港人仍然生活富裕。至於民主政治，無論哪國都不是一步登天的事，香港才奮鬥幾年，黨派運作漸入軌道，其實已成績斐然。

美國真那麼自由民主又有人權嗎？

劉曉波為了證明「被殖民」的好處，還舉了二戰後的日本為例。

「二戰失敗後，日本忍受著被美軍佔領的恥辱，在政治制度上聽由美國的安排，用不到四十年的時間，就從戰爭的廢墟上再次崛起為世界第二的經濟強國。」（劉曉波〈向敵人學習——蘇格拉底的愛國主義〉，二〇〇六年八月十三日）

日本帝國發動珍珠港事變，美海軍深受重創，如此國恥，美國何以對戰敗的日本不求賠償還大力支助呢？因為要圍堵中國嘛！這圍堵政策迄今不變，包括支持蔣介石的政權到後來支持「台獨」，都和它息息相關。日本，說穿了，是沾中國政權變天、美國急於圍共剿共之光。

美國有人權嗎？當珍珠港事變後，美國立即把美國本土內所有日裔美國人都趕進集中營，其猜疑和種族歧視心態昭然若揭。

假設，約十四億的中國人通通腦筋「秀逗」了，甘願被美國殖民三百年，美國會要他們嗎？要餵飽這些人就會嚇跑老美。殖民地要先被壓榨，中國「地大物薄」

人口眾多，壓榨後，剩下什麼呢？看到香港人的富裕生活，可要想想這是英帝國榨取剩下的殘羹，失血的可是廣大中國人民啊！

歐美和一些自命先進國家，他們提倡的自由、民主和人權，常有雙重標準的。二戰後簽訂的「舊金山和約」並沒有說釣魚台歸屬日本，但是美國到七〇年代就擅自把它交給日本，這不是帝國主義的蠻橫霸道嗎？

殖民主義志在剝削和操縱

我夏天遊覽印度和喀什米爾地區，其間碰上印度獨立六十三年紀念日，喀什米爾的回教徒抗爭釀成死傷事件。這又是英國留下的殖民悲劇。

經甘地和人民「不抵抗主義」抗爭幾十年後，英國決定讓印度和巴基斯坦獨立，但在國土劃分上耍手段。表面上按宗教劃分，把回教的孟加拉和巴基斯坦作為一國，中間隔著大片印度國土；北部美如仙境的喀什米爾絕大多數是回教徒，卻劃給印度；凡此種種都是利於自己從中操控。果然，沒幾年，孟加拉鬧獨立，印巴打了三次仗，一國兩地的巴基斯坦腹背受敵，終失去東部國土。喀什米爾的回教徒也鬧獨立或要求歸入巴基斯坦，但屢遭印度鎮壓。以和平不抵抗起家建國的印度，碰到領土問題，出兵、鎮壓……絕不手軟，也不談什麼公民自決和人權。曾遭列強欺侮百年的中國，表現能不如印度嗎？

南非的曼德拉，當總統前曾坐牢二十七年，其間博覽群書，修心養性，終成一代偉人。希望繫獄的劉曉波能廣涉史書，多讀多想，將來必有大成就。

儘管劉曉波思想前衛、叛逆，包括公開支持「台獨」和「藏獨」，但都屬於言論自由範疇，可以公開辯論。「〇八憲章」要求的政改，和最近溫家寶總理幾次宣稱的「不作政治改革就不能保有經濟建設成果」完全一致，那就沒理由拘禁他了。呼籲中國政府儘快釋放他才好。

——二〇一〇年十一月　《僑協雜誌》

有容乃大

遠流出版《打不倒的勇者》一書（J. Carlin著，黃逸華譯），讀來令人感動不已。

全書敘述曼德拉於一九九四年高票當選南非總統，當時種族關係緊繃：白人乍失政權而恐懼萬分，極右派正密謀叛變，貧困交加的黑人渴望公平正義，更有咬牙關矢志復仇者，內戰一觸即發。面對這個情景，為黑人解放坐了二十七年牢的曼德拉，卻懷寬恕與和解之心，主動伸手並以誠懇笑容面對政敵。上班首日請總統府全體員工留任，此舉先就安撫了急思逃離南非的白人，令人刮目相看。

曼德拉很務實，深知種族複雜又貧窮落後的黑人，只有和富裕先進的白人合作，雙方共存共榮才是南非屹立於世的唯一途徑。他在牢中認真學習白人的語言、歷史，包括熱衷橄欖球的習俗，深知南非的跳羚橄欖球隊是白人的驕傲和象徵。由於種族隔離政策，南非曾遭國際孤立（台灣是極少數邦交國之一），世界盃橄欖球賽的輸贏是國家能否揚眉吐氣的象徵，因而每次比賽都牽動了白人的根根神經。黑人則視球隊為壓迫自己的代表，全力為對手喝采；跳羚隊輸了，白人垂頭喪氣，黑人載歌載舞，敵我分明。

曼德拉熱愛運動，牢裡牢外都清晨四點起床運動。他相信運動能激動人心，甚至改變世界。「比起政府的力量，運動更能打破種族藩籬。」

他把握一九九五年世界盃在南非比賽的機會，積極推動種族融合。過程繁瑣細緻，要說服族人改變成見，容忍新、老國歌並存，包括代表種族壓迫的綠色球衣；同時教育球隊，讓他們了解黑人的感受，從內心樹立為「新生的南非」贏球的意義。總統更背熟每個隊員的姓名，和他們一一交談打氣。他宣傳「團隊就是國家」（One Nation One Team），苦口婆心地動員黑人，務必為國家球隊吶喊加油。

比賽時，曼德拉全身綠衣綠帽出席球場，贏來一片雷鳴：「曼德拉！曼德拉！」

那呼喊代表白人對黑人領袖的心悅誠服。

跳羚隊出場時，無論黑白一致歡呼。黑人的歡呼意味著「我們寬恕你們的過去，今後一家人了。」

如此眾志成城，跳羚隊終場贏得世界冠軍盃。一場球賽也開啟了南非百年來種族仇恨的破冰之旅，這都拜曼德拉的寬容和智慧。

台灣也面臨族群分裂，綠衣綠帽的球衣也讓人想到「藍綠」對峙，若能出現個曼德拉第二，紛爭化解了該多好！

台灣比南非更易和解才對，同文同種加上民主政治上軌道，大家若能尊敬和包容他人，有什麼不能解決的呢？不必期待救世主，人人都當曼德拉吧！

——二〇一〇年二月一日《聯合報》

文學是苦悶的象徵

如果不是五〇年代的威權統治，政治上獨裁專制到令人窒息，可能我不會走上文學創作的道路。我原來最想當記者，但從「二二八事件」、戒嚴接著而來的白色恐怖年代，文字惹禍屢見不鮮，說話不按政府節拍也有罪過，年輕人要紓解苦悶，出路之一是躲進文學象牙塔。

高二時，遇到台北市長選舉，國民黨的黃啟瑞和無黨派的高玉樹對壘，學校老師要我們停課討論，好回家影響家長投票。我上台發言，表示「民主要起制衡作用，執政黨是國民黨，首善之區的台北市長最好無黨無派」，話沒說完就被老師轟下台，罵得狗血淋頭。幸虧老師仁慈，沒往上打報告，否則準被送去綠島唱小夜曲了。

大學三年級的暑期軍訓，同學歐阿港去了成功嶺就回不了學校，因為他的中學同學被懷疑思想有「台獨」傾向，被捕後搜查日記，裡面提到「佩服歐阿港，他對國家前途有理想」，警總就把歐阿港打成「台獨同路人」，前後兩次被捕，共蹲了四年牢房。最可怕的是，從此思路打結，口齒不清。

政治讓我們每天生活在荒謬和恐懼中。沒有言論自由，「反攻大陸」是神話，號稱以民主對抗中共的集權，實際是一黨獨大，特務橫行。《自由中國》雜誌代人民喊出「反攻無望」，社長雷震倡議組織在野黨，立即以「知匪不報」的莫須有罪名投進牢裡，而主筆殷海光老師的家更遭到二十四小時監視。

對關心國家大事的青年，一腔熱血無處宣洩，於是轉到文藝領域。然而文學的道路也崎嶇不平，「反共抗俄」的國策強制文藝為政治服務，不對口徑的也以牢房侍候。光復一年多就禁止刊物發表任何日語作品，讓土生土長的台灣作家備感挫折；在「戰鬥文藝」的口號下，報刊雜誌充斥反共八股和懷念大陸的作品，他們成了文壇邊緣人。即使像我這樣戰後接受完整中文教育的年輕一代，也找不到著力點：滿腦子的中國歷史和地理，但現實中看不見又摸不著；想要挑戰傳統和封建體制，卻無從下手。

可能讀外文系的關係，有機會接觸歐美現代主義作品，文學技巧如意識流的新穎固然可取，但個性解放、自由發揮、「我在故我思」的存在主義思想，以及重視知性、反對藉抒情之名而實際濫情、八股等等，最得我們的認同。

大三時，聽說夏濟安老師去了美國，我們喜愛的《文學雜誌》可能停刊，白先勇、王文興和我等幾個同學，便同心協力辦起了《現代文學》雜誌，意在取代《文學雜誌》。我們鼓吹現代主義，有計畫地引介歐美現代派作家。由於推出倉促，醞釀不足，有些像紀弦說的「橫的移植」，創作上也有模仿痕跡。

我曾寫了篇短篇小說〈巴里的旅程〉，宣洩了個人對家、國和人生的疑惑。有人說「看不懂」，我暗暗得意，心想看得懂就不妙了，那是文字獄的年代嘛！

文字罹禍的例子不勝枚舉。譬如「蓬萊仙島」一詞不能用，蓬萊代表台灣，台灣怎麼可以「先倒」？中共先倒才對！某回慶祝國慶，有戲院貼出京戲折子戲的海報，四齣戲名直寫並排是「女起解、捉放、黃金台、汾河灣」，結果戲院老闆被抓，因為有人檢舉，下面橫著讀正好是「解放台灣」，肯定匪諜在作怪！

台灣的新詩五〇年代中旬就公開標榜現代主義，不少作品晦澀虛無，我抱怨它們不知所云。有一回和初中同學（後來筆名瓊瑤）你一句我一句地，瞎謅了一首長短句，拿去請教水晶等兩位外文系學長：「據說是首好詩，請問好在哪裡？」兩人搖頭晃腦地來回吟誦後，又解釋了一通，我們早笑得直不起腰了。

人到中年後，漸能體諒那些詩人的苦衷，新詩可能是他們解脫思想束縛和反叛現狀的僅有工具。日本學者廚川白村說「文學是苦悶的象徵」，誠然，現代主義是我們那一代人抒發苦悶的最佳管道。

中華世紀柏

中學時代讀到中華始祖「黃帝崩，葬橋山」，便想著炎黃子孫一生都該去陝西橋山祭拜一回，像回教徒到麥加朝聖一般。然而那是「反共抗俄」的年代，海峽阻隔，到陝西祭拜黃陵純屬夢想。

沒想到一九六二年有機會到美國念書，接著遇到一心要「回歸祖國」的前夫段世堯，夫婦倆獲得學位後即於一九六六年直奔北京而去。正歡喜踏上了祖國大陸，卻發現碰上史無前例的「無產階級文化大革命」，處處「突出政治」，讓人置身政治恐怖中，每天活得戰戰兢兢。其時，中華歷史多被顛倒過來，闖王李自成和義和團捧成英雄，歷代開國帝君都被毛澤東比下去了，家家的祖宗牌位被掃進了垃圾堆，紅衛兵朗朗上口的是馬克思和列寧，不知炎黃夏商為何物。七年後離開大陸，期間從不曾動過去陝西的念頭。

十年文革過去了，中國進入改革開放的年代。由於寫作《尹縣長》等一系列反映文革的小說和散文，獲得時中共主席胡耀邦的賞賜和邀請，八〇年代中期我又踏上了中國大地。記得頭次參訪西安時，我向陪同人員提到參拜黃陵的可能性，卻以「距離頗遠、交通不便」而婉拒。黃陵靠近「革命聖地」延安，不知是否政治敏感，我也不便堅持。

新世紀的希望象徵

公元兩千年三月，忽然接到山東文友楊志鵬一份邀約。原來有個私人企業願意捐出一筆錢，邀請海內外華人文藝人士於清明節齊來祭拜黃陵；應邀者要交一篇作品，諸如散文、書法或繪畫，合編成一部書《中華藝術千禧展》紀念；也要集合五洲的水和土，共同在橋山種植一棵柏樹留念。台灣畫家應邀的有劉國松、李錫奇和楚戈等；寫散文的除了我，還有尉天聰、張錦忠等幾位。我被額外要求貢獻一包台灣土，以便與黃河、長江的水合澆這棵柏樹。

個人因為工作關係，那年無法躬逢盛典，但是台灣土誓必及時送達。哪裡最能代表台灣？我問幾個朋友，眾口一聲：阿里山！誰願意陪我上阿里山？誰最近要飛往大陸？打了一通電話向慈濟師姊陳美羿求助，立即獲得熱情回應。她和另位師姊報名開車，還發動朋友去連絡近日飛大陸的旅客。

這天清早，兩位師姊輪流開車載我出發。午後上山，鏟了一包土並照相為證後，隨即趕下山來，晚上回到台北。次日我送這包土到事先連絡好的一位旅客家。他不久飛上海，答應以快遞方式送往山東，保證不誤佳期。

清明過後，山東寄來了祭陵盛典的新聞剪報，頭版刊出千里迢迢送台灣土的報導。披讀之下，我不禁熱淚盈眶。小小一包土，代表的是多少台灣人遙拜人文始祖的心意呀！從那時起，我念茲在茲的是何時去探望那棵「中華世紀之柏」。

首祭黃帝陵

二〇〇五年春，我們專欄作家協會舉辦大陸遊，選定到洛陽觀賞牡丹。飛機時刻表出來後，我一看飛機要在西安轉飛洛陽，立即想到相距一百九十公里的黃陵。我提出順道祭黃陵的構想，獲得全會同意。喜出望外的是，協會的計畫獲得北京的炎黃文化研究會熱烈回應，邀請我們去北京合辦兩岸文化交流座談會，也願意招待我們遊西安及參拜黃陵。

那年四月五日，天未拂曉，幾部祭陵的大客車摸黑駛上黃土高原。穿過渭水，進入黃陵縣，終於踏上了嚮往二十年的橋山路。這天祭客人山人海，絡繹不絕地步行穿越沮水大橋，蜿蜒山道頓成人龍。口音則五花八門，大陸各省、港澳台和海外華僑都有。不止一萬人都密密麻麻地排列在大殿前廣場，跟隨陝西省主席的公祭口令行禮如儀。一度引起騷亂的是記者發現了剛改姓蔣的孝嚴先生在場，紛紛圍過去搶鏡頭。暌違半世紀，蔣家終於有人回來祭奠中華始祖了，怎麼說也振奮人心的事。

公祭後，有一點時間讓大家瞻仰大殿和帝陵。黃土堆砌的陵墓乃古已有之，整修得肅穆典雅。大殿則是新修的，高大屋頂下有石刻黃帝像及壁畫雕塑，氣勢之雄偉，儼然超越歷代帝王如漢武帝在黃陵的建樹。

掃墓後例行栽種一棵新柏，一千多年的傳統維持了遍山的蒼松翠柏。我在栽植區遍尋不著世紀交替的柏樹蹤影。橋山有柏八萬株，樹齡多在千年以上，滿目蒼茫，叫我如何尋找？走過山道，但見蒼松虬枝，沒一棵是新種的。幾次打聽也沒能問到一位本地幹部，無奈怏怏然下山。

阿里山的土與眾不同

今年七月中旬，應邀參加「情繫長安」活動，最是嚮往其中祭黃陵的項目。再上橋山，我又從頭到尾仔細觀察，還是不見影子。到底皇天不負苦心人，最後到停車場要搭車返西安了，忽然瞥見場邊矮石牆上有「中華世紀柏」幾個大字，一時喜得大驚小叫，顧不得身軀老邁，一路奔跑過去。

矮牆前一棵柏樹長得十分茂密，兩米多高，腰圍大過兩人合抱，樹葉更綠得冒油，迥異於滿山的蒼松老柏，倒和我們阿里山上的柏樹沒啥兩樣。是新樹種嗎？但願如此，新世紀迎來新氣象，也應有新品種才是。何況它底下有一包阿里山的土，也難怪與眾不同！

圍著柏樹圈起半月形的矮石牆，牆頭豎碑紀念，表達了全球華人的願望，願新世紀迎來中國崛起和民族興旺。樹前並有幾噸重的一塊大石，刻有新加坡書畫家陳瑞獻的文章和書法，詳細記述炎黃子孫尋根和追思的心路歷程。整個柏樹和石刻位於尺把高的石台上，顯得莊嚴又清新養眼。

驚喜之餘又頗為自責，這麼顯眼的設計和造景，怎麼我偏偏「視而不見」呢？

無論如何，趕緊跑回車上找了劉國松來看，一起拍照留念。

渴望了九年，終於如願以償。圓了青少年時代的夢想，誠是人生一大幸事。

——二〇〇九年九月十七日《聯合報》

一個甲子，歷史能重演幾回？

「不聽話就給你送馬場町，一顆子彈槍斃了！」

一九四九年我念小學四年級，聽過大人這樣恐嚇孩子，緣因不久前發生「二二八事件」，人們餘悸猶存。這年國民政府遷台，藉「恐共」和「反共」之名厲行「戒嚴」和「白色恐怖」統治。年少不懂事，只知不可亂說亂動，都因生活普遍困苦，能吃飽、上學才是大事。

進了台大後，發現《自由中國》不自由，雜誌社長是我們的邏輯老師殷海光，長年被監視；辦雜誌不能講真話，「反攻無望」的論述觸怒了當道，加上發行人雷震鼓吹民主政治，有意籌組在野黨，終以莫須有罪名坐牢。大學也不安全，同班同學就因中學讀過「禁書」，到大學被翻舊帳而坐了幾年冤牢。文化界的主旋律是「反共救國」，以言獲罪時有所聞。中共的人民解放軍又稱「八路軍」，台北的巴士迄今沒有八路車，敏感可見一斑。年輕人的苦悶只好在文學裡發洩，於是和幾個同學辦起了《現代文學》，自我逃避於文學的象牙塔裡。

「來來來，來台大；去去去，去美國」是當年順口溜，我也因緣際會去美國留學。美國歧視黑人固令人反感，但自由民主又令我眼界大開。上世紀三、四〇年代的「禁書」成了我的補修課，經常讀到三更半夜，思想也開始轉變。年輕的腦袋想得簡單：共產黨主張工農當家，追求的是「各盡所能，各取所需」，那不就是中國人歷代追求的「大同世界」嗎？國民黨專制獨裁，那麼把它打敗並趕到台灣的共產黨肯定比它好！

婚後，丈夫有意回歸大陸，我乃把返鄉的路程修改成「經由北京回台北為捷徑」，說到做到，拿到學位不久即束裝上路。

一九六六年八月抵達上海，正趕上毛澤東發動史無前例的「文化大革命」，滿街是喊打喊殺的「紅衛兵」。很快就發現，在台灣我們還可以避談政治，但大陸卻「凸出政治」，強制要表態才行。「愛毛主席」是「政治正確」，順理成章則為「愛黨、愛國」及「讀毛主席的書，聽毛主席的話，照毛主席的指示辦事」。

毛強調「階級鬥爭」，劃分出工農兵等「紅五類」貴族，與地主、富農、壞人、反革命和右派等「黑五類」賤民。文革時「黑五類」又擴大到九類，知識份子居末，迄今有「臭老九」之稱。毛又說「造反有理」，於是學校、工廠和機關單位停課、停班和停產，紛紛成立造反組織，各執一詞並大打出手，社會近乎癱瘓。

在中國住了七年多，最大感受是「政治恐怖」，尤其來自丈夫和兒子的遭遇。丈夫在農場勞動，黃昏收工時見一輪紅日西下，一時興起對同事說：「真像美國的煎蛋，叫……」饑腸轆轆的同事脫口而出：「我們叫荷包蛋，我可以一口一個！」結果被人檢舉，丈夫停工一個月，天天書面檢討何以把偉大的太陽（毛主席）喻為「煎蛋」？又為何是「美帝國主義」的煎蛋？同事則為「膽敢一口吞日」被批鬥到盲腸發炎開刀，險些喪命，整個事件才不了了之。

留學美國時不願生育，盼望自己的孩子出生時能「頭頂祖國藍天，腳踏祖國大地」，也即「純國貨」才好。回歸後懷孕，早早取好名字「段鍊」，蓋北京街上多「鍛鍊身體，保衛祖國」的標語。不料孩子三歲就惹禍，和對鄰的孩子比賽罵人，詞窮了竟罵出「毛主席壞蛋」，嚇壞了兩家人。

這時才體會到，國民黨在台灣的「白色恐怖」，比之共產黨誠「小巫見大巫」；若權衡以時代背景，雖不可原諒，但可以理解，甚至慶幸沒讓台灣落入共產黨統治。

人到中年，逐漸傾向佛教，「無常」兩字深得我心。它也能概括海峽兩岸的政經變化。「文革」以毛澤東去世結束，前後長達十年。就在這十年的閉關鎖國和自造內亂後期，家鄉台灣則進入蔣經國時代。他推動「革新保台」和「本土化」，帶領台灣度過石油危機，「十大建設」可曰台灣經濟起飛的象徵。雖政治鬆綁不足，但也讓「黨外」民主運動見縫插針，彼伏此起。

一九七九年底，因「高雄事件」我返台見蔣總統，主要是呈遞台灣旅美文化人為被捕民運人士的關說書。離台十八年又踏上家鄉之土，各種變化，尤其是人的精神面貌，令人驚豔復驚喜。台灣人對政治不再噤若寒蟬了，願為民主自由打拚，包括繞道而行。報禁不開，大報紛紛到美國另闢疆土，譬如高雄的《台灣時報》就到舊金山創辦《遠東時報》，前後聘我為顧問和總編。國府曾企圖遙控，我寫了一篇〈三通先通親〉，差些讓母報的吳基福醫生丟掉國民黨證。

我常想，蔣經國總統可惜去世早了，否則他不止在臨終前解除「戒嚴法」、開放黨禁、報禁和大陸探親等，也該能對「二二八」做反省和補償才是。但又覺得他早走是好事，讓台籍的李登輝加速民主化，為「二二八」平反，進行總統直選等，繼前人的「經濟奇蹟」後，又創造「民主奇蹟」，打響了台灣的國際知名度。

原以為兩岸三通是順理成章的事，沒想到李登輝後來露出「台獨」企圖心，用「戒急用忍」和「兩國論」給台灣海峽築起了一道牆。十二年執政後，人民用選票選擇政黨輪替，換民進黨的陳水扁執政八年。

記得陳水扁當選總統後，北京一位新華社女記者（資深黨員），羨慕地表示：「三級貧戶選上總統，了不起，台灣走在（我們）前面了！」

身為台灣人，我也引以為豪。

然而陳水扁變本加厲地推動「一邊一國」，兩岸關係更加緊張，把台灣推入鎖國和孤立狀態。為了深耕「本土」而戮力「去中國化」，與中國有關的不是被醜化就是改為台有（如閩南語叫台語），外省和本省隱然成對立族群。「愛台灣」才是政治正確，意識形態凌駕一切，不禁讓我憶起大陸文革時「愛毛主席」的口頭語。幾位博士級的大官，言行激進粗鄙也如「紅衛兵」再世。兩個「文革」有何差異？規模和暴力大小而已。

反觀大陸，人民渴望民主自由，儘管屢敗屢戰，歷經「民主牆」和「六四天安門事件」的挫敗，卻也迫使鄧小平進行改革開放。三十年來，儘管政治改革慢過蝸牛，經濟卻一枝獨秀。去年全球掀起「金融海嘯」，中國竟成了歐美求援的對象。海峽兩岸的經貿，台灣對大陸多年來都是順差，經濟依賴性不言而喻。

記得馬英九當台北市長時推動「垃圾不落地」，台北市容乾淨美麗多了。很快就聽到大陸做環保人士表示欽佩並盼望「北京能帶頭做」。

台灣很多事走在大陸前面，民主和法治最是突出。我們很幸運，不必搞流血的「革命」，可以用選票表達意見，讓政黨再度輪替，並以司法清理前任總統的貪污。也許有人慨嘆我們司法不獨立，常被浮濫的人情和意識形態干擾，以致是非不分，善惡不明。這些都非民主之罪，乃民主素養不足而已。美國人民也剛用選票捧出了兩百多年來首位黑人總統，誰曰不宜？

倏忽一甲子，歷史一再重演，所幸每次都有些差異，這就是進步了。天佑台灣！

——二〇〇九年二月十九日　《聯合報》

共同語言和文化傳揚

一九四五年抗日戰爭勝利，被日本統治半世紀的台灣光復了，那年我七歲。父親是鄉下木匠，檢到一個破收音機，想方設法修好了，立即要我每天準時跟它學「國語」。他說「中國人一定要會中國話」，這個「語言和國家民族是共同體」的概念，從此牢記我腦海中。

從小接受了完整的漢語教育，等於經過中華文化的洗禮，對於國家的分分合合都能坦然接受，相信終極統一只是時間問題。這就是為什麼我到美國留學後，選擇與丈夫於一九六六年投奔祖國大陸，相信有一天會「經過北京回到台灣」。不巧六六年爆發「文化大革命」，我們待了七年多才離開：主要是傷心中華文化快被革掉了，也因為政治恐怖讓人惶惶不可終日。

一九七三年底我一家遷居香港一年，然後移民加拿大，這時開始寫作《尹縣長》等一系列反映文革的小說和散文，被歸類為最早的「傷痕文學」。後來我移居美國，趕上中國的開革開放，我轉而把寫作重點移到美國華人的生活和奮鬥，後來也涉及台灣海峽兩岸，都是現實生活的反映。

因為堅持中文寫作，我一直感覺自己生活在中華文化的圈子裡，悠游自在；也一直以傳承中華文化為己任，特別在改革開放與極左勢力呈現拉鋸戰的時期，如海外華人般有「禮失求諸野」的心念，推廣中文教育、創辦僑報即是這種表現。海外華文作家都有這種胸懷，大家分散五大洲，都有相聚取暖及聯誼的渴望，乃在八〇年代推舉我創立「海外華文女作家協會」，在座的戴小華是第三屆會長，在馬來西亞召開過盛大年會。

有一本書《一九九五閏八月》在台灣暢銷，很多人相信這年這月兩岸要開戰，海外華人相當驚慌。我就在這時趕回台灣，從此也多了一個促進兩岸和平統一的願望。

兩岸分隔一個甲子了，大部分時間台灣人都以傳承並發揚中華文化為己任，諸如使用繁體字，提倡忠孝仁愛等傳統道德和儒家思想，年年祭孔（小學生到孔廟跳八佾舞），道教和佛教在台灣自由發展；佛教在台灣更發揚光大，超越信仰成為一種生活方式，禪修可以紓解壓力即是一例。很多寺廟從高山下移到市區中心，聞聲救苦、深入生活並走向全球，做到「哪裡有災難哪裡就有台灣佛教徒出現」，像慈濟的救難人員已高度專業化，經常跑在災區第一線。上個世紀初太虛和尚提出人生佛教口號，台灣真正貫徹實施，稱為人間佛教。

中華文化有包容性，每當它對外開放時，必有突破和飛躍，盛唐就是典範。台灣一度積極汲取西方的民主和人權理念，也取得很大成績。簡而言之，它曾是亞洲四小龍之首、全球半導體產業龍頭、完成兩次政權和平轉移，迄今還是全球最熱心公益的地區之一。

然而台灣這幾年出現危機，有一股分離意識攪亂了一池春水。先是李登輝十二年執政，用「戒急用忍」走閉關鎖國的「隱性台獨」路線，接著陳水扁八年執政推行「去中國化」，譬如把方言閩南語改稱台語以取代國語、拒絕全球行使的漢語拼音而自創拼音符號、把台灣史單獨成科而把中國史併入外國史……反對者被貼上「不愛台灣」標籤，而「不愛台灣」就等於「親中」、「賣台」，會受到口誅筆伐，等於一場小型的「文化革命」。凡此種種都攪亂了台灣幾百年來使用漢文、漢語因而完整傳承的中華文化傳統，具體表現是經濟滑坡，降為「亞洲四小龍」之尾，大學生缺乏自信、普遍短視、缺乏人生目標。

一九六〇年代台灣有個「中國青年自覺運動」，一九七一年有保衛釣魚台運動，台大學生在校園掛出「中國的土地可以征服，不可以斷送；中國的人民可以殺戮，不可以低頭」的五四運動標語。但是今天呢？學生不會去想「我們中國人」這個名詞，民族認同的危機客觀存在。

然而中華文化不是一朝一夕形成，也不能說破就破。確實有部分偏激的台獨人士，為求分離，不但竄改語言，甚至捏造歷史來否認祖宗。譬如有人聽說我們組織旅遊行程，特別規劃從西安去橋山祭拜黃帝陵，很不以為然：「台獨人士認為，我們的祖先不是黃帝。」那是誰？他說蚩尤，戰敗後率部落南逃。我們聽說韓國人崇拜蚩尤為祖先，那台灣人和朝鮮人是一個民族了？

幸好廣大台灣人仍是以「龍的傳人」、炎黃後裔自居。公元兩千年三月，山東文友邀我參加清明節祭黃陵盛典，海內外華人文藝人士集文成書，並在橋山種植一棵「中華世紀柏」紀念，象徵中華民族再度崛起。我被額外要求貢獻一包台灣土，以便與黃河、長江的水合澆這棵柏樹。小小一包土可是台灣人不忘中華始祖的象徵。

我想強調：有共同語言才能保存並傳承族群歷史和文化，加速兩岸統一。

很高興看到大陸開放日漸深入，經濟更上層樓，以中華文化為傲，恢復祭孔並在海外廣建「孔子學院」以推廣漢語。這幾年，海外華人十分關注漢字的前途。漢字富象形和音聲之美，全球獨一無二；簡體字誠然便於書寫，但失去文字之美，不利保存古文典籍，容易造成文化斷代；有些字首簡化過度，已經衍生諸多困擾。有人以為：電腦轉換可以解決一切難題。七月和畫家劉國松去陝西開會，國松變成國鬆，尷尬可以想見。簡體字推行才五十年，在歷史長河中，五十年類似一彈指間，越早修正越好；拜科技發達和國力強盛，中國有能力扭轉乾坤。

我也喜歡簡體字的方便，建議折衷辦法，重新審查簡化部首，並重作取捨，做到在文化傳承和發揚間務必有脈絡可尋才好。

上世紀八〇年代我訪問韓國，滿街不見一個漢字，但這幾年他們又恢復漢字了。他們還從中華文化裡汲取養分，一部《大長今》連續劇賣的是漢醫、漢藥，結果瘋迷全球十三億華人。韓國人已經在聯合國的「非物質遺產」申報上變相搶走我們的端午節了，中國輸在未能證明我們努力於維持和保護這項傳統。我真誠地希望，我們的正統漢字別淪入同樣的命運。台灣已有文化人計畫向聯合國申請繁體字為「非物質遺產」，沒有中國大陸的支持，這項任務必無法達成，我願借這個機會向文化界呼籲：讓我們共同努力來保護中華文化！

讓我再強調一句：經濟好、科技發達，高樓大廈相互比高……都是好事，但是缺乏文化產業或文化創意產業的軟實力，稱不上真正的強國；有文化產業行銷世界，中國更有話語權，而統一漢字是迫不及待的任務。

九歌文庫 1091

我鄉與她鄉

作者	陳若曦
責任編輯	陳逸華
發行人	蔡文甫
出版發行	九歌出版社有限公司 臺北市105八德路3段12巷57弄40號 電話/02-25776564‧傳真/02-25789205 郵政劃撥/0112295-1
九歌文學網	www.chiuko.com.tw
印刷	崇寶彩藝印刷股份有限公司
法律顧問	龍躍天律師‧蕭雄淋律師‧董安丹律師
初版	2011(民國100)年04月
定價	**250元**

書號	F1091
ISBN	978-957-444-762-6

(缺頁、破損或裝訂錯誤,請寄回本公司更換)

國家圖書館出版品預行編目資料

我鄉與她鄉 / 陳若曦著. – 初版. --
臺北市：九歌, 民100.04

面； 公分. -- (九歌文庫 ; 1091)

ISBN 978-957-444-762-6(平裝)

855 100003450